LA MAAR
Cruce de Destinos

LA MAAR
Cruce de Destinos

Christopher Grand

LA MAAR
Cruce de Destinos

Autor
Christopher Grand
https://www.facebook.com/ChristopherGrandOfficial

ISBN 978-958-46-7040-3
ISBN 978-958-46-7041-0

Diseño de carátula y concepto original de las ilustraciones
Christopher Grand y Gustavo Adolfo Cárdenas

Artista
Juan Fernando Gil
+57 - 322 5067145
https://www.facebook.com/ghuaster

Santiago de Cali, Colombia – 2015

<<Dios nos brinda defectos
para que a lo largo de nuestras vidas
los convirtamos en virtudes>>

<<Dedicado a la mujer que agregó nuevos colores a mi mundo con su sonrisa. >>

Índice General

Prólogo

No sé quién eres, ni tú tampoco sabes quién soy, pero puedo atestiguar con total certeza, tenemos muchas cosas en común: a ti te gusta leer, a mí me gusta escribir, tú sueñas con mis palabras, yo veo con tus sueños, yo no sé cómo eres, ni tú tampoco sabes como soy; esa es la razón por la cual podemos ser amigos, incluso amantes, pues tú eres parte de mi vida y sin ti, no puedo existir, al igual que tú sin mí eres un punto en el universo, un esclavo del mundo, de la sociedad, de los caprichos; pero a partir de hoy serás libre, te haré olvidar todo aquello que te rodea, a través de mis brazos envolviendo tu cuerpo y mis labios besando tu cuello.

No sé por qué estás aquí, ¿y quién de todas formas lo sabe? Pero te diré con vehemencia, no puedo ofrecerte mucho, pues es poco lo que me pertenece; sin embargo, te daré todo lo que soy, fui y seré; si te conformas con esto, entonces te prometo momentos felices, pues la felicidad integral no existe, pero para hacer esto debo evocar lo que hace mucho tiempo alguien que amé me ofreció... te proporcionaré una historia.

<< S. >>

~ Volumen ~
I

Capítulo I
Una historia como cualquier otra

Ring, ring, ring. – ¿Qué es ese sonido? – preguntó el joven al escuchar el perturbador y arrítmico sonido del reloj despertador en la calurosa mañana del 11 de julio de 2012: aquella época en que la ciudad de Santiago de Cali, deja de ser la ciudad de las flores y se convierte en la ciudad del ánimo marchito. Así se sentía Carlos al despegarse lentamente de las sábanas de su camarote, unidas por el sudor de su cuerpo y su somnolencia. Con movimientos torpes se levantó de su lecho, no sin antes propinarse un golpe en la cabeza con el marco del camarote, el cual a lo largo de su vida se había convertido en una especie de ritual matutino debido a su elevada estatura. Una vez de pie, con movimientos de resignación y desasosiego, se miró fijamente a los ojos por medio de su espejo mientras se hacía la misma pregunta de todos los días: ¿quién eres?

El 21 de marzo de 1989, la familia Gonzales celebraba la graduación de su primogénito, Antonio, de la Universidad Nacional de Colombia, a su vez; Enrique Estupiñan, Gustavo Solarte, Fabián Estrada y Juliana Díaz, discutían de la posición del presidente Virgilio Barco ante la problemática social en la que estaba inmerso el país, gracias al narcotráfico y los grupos alzados en armas, mientras fumaban tranquilamente marihuana en el lago Calima; al mismo tiempo, en Bostwana un niño conocía el amor y las mariposas estomacales tras su primer beso con Kasim. Finalmente, en la ciudad de Santiago de Cali, nacía el segundo hijo de una familia típica colombiana, conformada por: don Matías Asecas, un carpintero de nacimiento y mitómano empedernido del barrio judío Kelebra; doña Lilith Gómez, ama de casa, cocinera, burlona e intrépida inventora; la abuela Baba, la cual jamás pronunciaba palabra alguna y cuyo único medio de comunicación era mover la cabeza en señal de "sí" y "no" mientras fruncía su bien definido ceño, además de ser un misterio la razón por la que decidió vivir en la casa de su hijo tras doce años sin verse, hablarse o escribirse; el primogénito de la familia llamado Gavril, un niño inquieto y apasionado de cuatro años, cuya mayor afición residía en aplastar mariposas contra el muro que separaba la cocina del patio y lanzarlas contra los niños que pasaban cerca a su casa.

Por fortuna para esos niños, Gavril guardaría todas sus mariposas muertas para lanzárselas a su recién nacido hermano, bautizado bajo el nombre judío de Carlos Yazir Mohammed Asecas Gómez, cuyo nombre jamás fue pronunciado correctamente hasta que, en clase de literatura extranjera, el profesor Mauricio Espada llamó a lista.

Carlos había decidido no preocuparse demasiado por la vida, su desinteresada forma de ser le llevó a depender de sólo tres factores para alcanzar el Nirvana; el primero de ellos era pintar, pues esa era su pasión, placer y sustento; el segundo era escribir, pues hacía realidad lo que su mente no podía atribuir como verdadero u onírico; finalmente, y no por tanto menos importante, el sexo... realmente no hay necesidad de explicar el porqué.

Estando frente al espejo, recordó a través del reflejo, aquella noche de ardiente pasión, en la que, con devoción, mezcló sus tres placeres y cenó del cuerpo de la candente, delirante, hermosa y sociópata Andrea Bustamante; convirtiendo los cariñosos besos en violentos mordiscos, las suaves caricias en tenaces arañazos y la dulzura del amor en la demencia del sexo.

Andrea Bustamente es una mujer de las cuales en muchos países del norte es motivo de mitos o leyendas, pero en la ciudad de Santiago de Cali, era tan real como la corrupción en el congreso. Una diosa de tez dorada cuya más grande habilidad era distorsionar las fluctuaciones del tiempo y el espacio en donde se encontraba; dejando a los hombres desorientados y a las mujeres acomplejadas con cualquier atributo físico suyo. No obstante, poseía una debilidad, la pintura, y fue de esa manera que conoció a Carlos.

– Qué calor tan infernal hace esta mañana. – dijo para sí mientras rascaba su cabeza y se tumbaba de nuevo contra la cama, colgando su mirada por fuera de la estructura del camarote para leer en su techo unas palabras torcidas escritas con pintura: ¿quién está contigo?

Tomó de su nochero su teléfono y revisó sus asuntos pendientes con desgana, pues carecía completamente de memoria e interés para cosas diferentes a sus tres placeres y acostumbraba a dormir hasta tarde, ya que su vida trasnochadora exigía bastante energía, además poseía la firme creencia que la inspiración es un ave de vuelo nocturno, pero la mañana del 11 de Julio de 2012 era diferente, este día Carlos pronto estaría ansioso, preocupado y, sobre todo, emocionado. Estaba a punto de sumergirse en seis semanas llenas de todas las emociones de las cuales el ser humano está dotado para sentir, incluyendo la tristeza y el desamor. Al observar el día, se levantó abruptamente de su cama y se lanzó hacia la ducha. Su apartamento era pequeño, así que literalmente la ducha quedaba a un salto de su cama.

Carlos promovido por los hábitos parisienses, dormía desnudo y dejaba la ventana de su habitación abierta para tentar a las mujeres que por el barrio San Fernando pasaran. Lo que él desconocía, era que sus únicas admiradoras eran las vecinas octogenarias del otro lado de la calle, cuya afición por observar su contextura masculina que, por cierto, no era nada fuera de lo común, ya que, si no fuera por sus anchos hombros, podría interpretar tranquilamente a Saturno en las *pinturas negras* de Goya; este hábito había llevado a dichas mujeres a comprar binoculares de 40x con el dinero de la pensión de sus difuntos maridos sólo para observarlo. Algo interesante en él, era su delicada tez trigueña propia de los hombres que fueron consentidos desde su nacimiento, pero este no era su caso.

La relación de este joven con sus padres era realmente tormentosa, puesto que su actitud frente a la vida siempre fue motivo de preocupación para sus progenitores, aún más siendo estos judíos. Su primer estrategia fue invertir tres hora al día a la lectura y comprensión de la Torá para enseñar las instrucciones de Dios; en su odisea de ocho meses, fracasaron intentando inculcar el amor hacia Dios, pues él decía que no podía amar a un ser que no podía ver con sus ojos y mucho menos que cambiaba tanto de humor; cambiaron de estrategia y le mostraron la pasión por el trabajo, en especial por la carpintería, a lo que curiosamente a Carlos llamó su atención, pues recibiría de su padre un pago por el trabajo, ejercitaría su cuerpo para verse mejor y le emocionaba la idea de ser reconocido por algo hecho con sus manos.

Por tres días trabajó gustosamente construyendo un mueble en guatambá amarillo. Don Matías y doña Lilith se sentían realizados ante tal hazaña, pero al cuarto día su padre le pidió traer el sellador para madera de la bodega y así finalizar la obra, al cabo de 15 minutos de no saberse nada de su hijo, salió a su búsqueda.

Una vez allí, vio cómo su futuro predecesor había dejado el camino de la carpintería y ahora, con sus manos cubiertas de pintura, exhibía dotes de pintor sobre la pared de su bodega.

Su padre lo intentó inscribir a la Universidad del Valle para estudiar alguna ingeniería, pues el título de ingeniero llena de orgullo a cualquier familia. Conociendo él a su padre, se esmeró durante el examen de estado en tomar todas las respuestas equivocadas; no quería dar chance al azar. Sólo tuvo una pregunta la cual no fue capaz de comprender y para él fue toda una sorpresa, pues decía: ¿qué aporte tecnológico había generado al país la película colombiana *La vendedora de rosas*? Finalmente, ocupó el puesto quinientos setenta y dos entre mil estudiantes, con promedios inferiores a diez punto cero en todas las áreas, lo que le hizo cuestionarse sobre el sistema de educación, pues a pesar de obtener adrede un promedio tan bajo, no tocó fondo. Don Matías se rindió y Carlos obtuvo su "libertad" a los 16 años, dio parte de su herencia para que subsistiera y le dijo al salir a la calle: ¡Regresa cuando tus raíces se hundan en la tierra y no se claven en los frutos!

Al dejar su casa y vivir ahora en su hogar, adoptó el estilo de vida de un artista parisiense, donde el amor a sus pinturas y a las mujeres era lo único que lo mantenía con vida. Sus obras de vez en cuando eran vendidas, ya que al ser éste un joven que apenas incursionaba en el arte, no le eran dados grandes espacios a sus trabajos; sin embargo, cuando estas eran degustadas por el ojo de los amantes de los estilos experimentales, arriesgados o satíricos, rápidamente se vendían.

Si bien el principal objetivo de Carlos frente a estas exposiciones no era el hecho de ser reconocido, pues él pensaba que era un genio y no sólo en la pintura, sino también en cualquier arte o ciencia; inclusive en sus conversaciones internas, las cuales ocurrían a menudo, solía llamarse el *Da Vinci* criollo. Su verdadero motivo en realidad, era conocer mujeres en el espacio que le brindaba el museo La Tertulia. Sus gustos no discriminaban la edad, el color o la inteligencia, pues todas las mujeres eran esclavas de su lujuria, devorando así no sólo el cuerpo, sino también la mente y el alma de con quienes se acostaba.

Conjuntamente, dichas mujeres siempre colaboraban a su causa, pues la mayoría eran mujeres adineradas, esposas de maridos impotentes cuya virilidad consistía en adquirir y lucir más dinero y mujeres o de hombres que gustaban de placeres más juveniles. Estas mujeres por lo general, daban entre dos o tres veces el valor de alguna de sus obras, esa era la forma en la que ellas se vengaban de sus maridos y satisfacían sus deseos carnales con aquel joven, no obstante, el verdadero valor del acto como tal, era sentirse hermosas y apreciadas.

Pero la preocupación de Carlos en esta mañana no residía en alguna "exposición" de arte pendiente o en una incómoda reunión con sus padres, se trataba de una mujer; aunque para él no era una mujer, era La Mujer.

Tras salir de la ducha tomó una camisa manga larga de color azul con finos trazos blancos en los puños, ventajosamente alcanzó un chaleco gris para tapar una mancha de pintura roja que había caído a la altura del corazón en su camisa, producto de un instante de locura de una de sus "clientes" que aclamaba a gritos de placer que le pintara mientras tenían sexo y se revolcaban en un largo lienzo, en donde quedó registrada dicha hazaña y, posteriormente, fue vendido a un turista francés que creyó ver entre las formas y colores generados en dicho acto, el rostro de la virgen de Lourdes. Adoptó a su vestimenta una corbata azul de Prusia con franjas blancas diagonales y finos bordes plateados. Carlos no comprendía lo que hacía, pues su ideología por la vida era tan tranquila y simple, que jamás se peinaba y sólo se preocupaba por cepillarse y, de vez en cuando, usar ropa interior.

Pero hoy era un día diferente, por alguna razón, la rutina de su esencia dejó de ser suficiente para sentirse cómodo, seguro y sensual, además sentía como su frente se llenaba de sudor con facilidad. Estas señales le indicaron justamente lo que temía que sucediese. – ¿Acaso estoy nervioso por verla? – inquirió con cierta preocupación.

Mientras en su mente divagaba la cuestión planteada, observó como un gato negro caminaba por la pared de su habitación hasta llegar al techo y quedar boca abajo. Con la perspicacia y la tranquilidad digna del demente, observó dicho suceso y lo ignoró. Tomó el celular de su cama y se dirigió a su destino, nada más y nada menos que el prestigioso restaurante de comida vegetariana Artemisia en la Torre de Cali, a las 12:00 del mediodía con la mujer que hacía cuestionar sus pensamientos, dirigir su atención, sudar su mente y enardecer su alma; cuyo cuerpo no sentía desde aquella vez en que dejó su cama, arrebató sus sábanas y robó su cordura.

Una vez en la Torre de Cali, este acomodó su chaleco, adecentó su corbata y reivindicó su valentía. Dentro del establecimiento apresuró sus pasos. Su tan afamada impuntualidad le hacía honor de nuevo. Saludó al anfitrión vestido de etiqueta, este le devolvió el saludo con un gesto de desaprobación y se interpuso en su camino.

Carlos sonrió. – Tengo reserva para el mediodía en una mesa con vistas al exterior – indicó.

– Son las doce y cuarto joven – respondió con dureza el mesero.

– No dudo de su capacidad de conocer el tiempo señor, ni mucho menos pretendo hacerle entender que he llegado a tiempo a mi compromiso, pues conozco perfectamente mi falta; simplemente me dirijo a usted para que me indique el lugar de mi reserva puesto que, si ella degusta de la puntualidad al igual que usted, temo se haya marchado. –

El anfitrión confundido por no saber con certeza si fue insultado amablemente o si por el contrario había recibido una disculpa, lo llevó con prisa hasta su mesa. Para su sorpresa y bonanza, se encontraba su acompañante allí leyendo *El conde de Montecristo* con una mano en la siguiente página y la otra jugando con su cabellera; sus misteriosos ojos café oscuros como la más siniestra noche de Luna nueva, posaban sobre la tinta de Dumas con tal concentración que, cuando él tomó asiento en su mesa, ella se disculpó por no haberse percatado de su presencia. Al mismo tiempo él había caído en el sortilegio de aquellos tiernos y sensuales labios, los cuales adornaban su rostro delicado y definido, de la misma manera casi poética en que las ondulaciones de los pétalos de las orquídeas embellecen su esencia; los finos trazos sombreados de Dalí delinean las siluetas del alma en sus cuadros, y los vibrantes azules y violetas cargan de emociones las pinturas de Afremov. Todos los atributos reunidos en ella, hacían de aquella mujer un deleite para la vista y un manjar para el tacto.

Ella tomó su cabello ondulado que caía sobre su rostro y lo llevo hacia atrás.
– Me gusta tu corbata, te ves mucho mejor que la última vez. –
– La última vez no llevaba mucha ropa o por lo menos, sólo recuerdo desde esa parte. –

Ella dejó escapar una diminuta sonrisa y acomodó de nuevo su cabello.

– Te ves radiante, aunque debo decir que te ves mucho mejor desnuda. –

Al terminar Carlos su oración, ella bebió en silencio del vaso de agua que tenía a su lado e hizo señas para que este se acercara, en cuanto lo hizo, le arrojó el agua que había bebido a su cara.

– Calma *Casanova*, no soy una res de tu ganado. Si quisiera acostarme contigo de nuevo te visitaría a tu apartamento, pero hoy sólo quiero hablar, si eso te basta, entonces platica como un hombre decente y disminuye tu testosterona. –

Él permaneció callado e inmóvil con el agua fluyendo de su rostro, de repente, dejó escapar una tremenda carcajada llamando la atención de todos en el restaurante.

– Eso es lo que me encanta de ti, no le temes a nada. –
– Te equivocas, ahora temo que nos echen. – dijo con una gran sonrisa en su rostro.

Capítulo II
Mis mayores héroes

Mi padre solía contarme entre sus historias favoritas, el día en que conoció a mamá, me tomaba de las manos y me miraba fijamente mientras decía:

- Lo recuerdo como el día más inexplicable de mi vida, más afortunado de mi alma y como el día en que decidí no despertar de este sueño. - Profesó él, con sus ojos sumergidos en los míos.

A ella, a su vez, le gustaba esconderse para escuchar de él siempre esta frase y él siempre fingía que no lo sabía. La actitud de ambos me hacía ruborizar y desear ser como ellos una vez creciera; pues el sueño de toda niña es ser una princesa y conocer a nuestro primer y único príncipe azul.

- Sally, Sally... ¡Sally! - Escuchó al fondo de sus pensamientos.
- Sally responde, ¿estás bien? - Preguntó la mujer.

Sí. - Respondió ella con la mente agitada, sus ojos fotofóbicos y su tez cubierta de sudor.

- Ya casi llegamos, han sido cerca de cuatro horas de viaje en autobús y has dormido durante prácticamente todo el camino; vas a tener que acompañarme a elegir el mejor traje de baño para estas vacaciones como recompensa. - Amenazó.

Sally, quién apenas distinguía lo onírico de lo real, asintió con movimientos trémulos de cabeza, sin darse cuenta de que era a Elizabeth a quién tendría que acompañar. Esta joven de veinticuatro años dotada de grandes recursos proporcionados por su padre y cuyo mayor defecto era ser una mujer terriblemente indecisa, siendo la pesadilla de todo impulsador de ventas; ya que tenía el dinero para comprar lo que quisiera, pero ella no sabía qué quería, y si lo sabía, no tenía idea para cuándo. Así, un lujoso vestido avaluado por 290 euros fue objeto de la mirada impugnadora de Elizabeth por tres semanas, hasta que su novio, invadido por el estrés que le provocaba verla a ella medirse una y otra vez este vestido cada vez que pasaban por ese lugar, decidió comprarlo y brindarle paz, tanto a los jóvenes que atendían dicho local como a su propia cordura.

Sally se dispuso a atisbar a su alrededor. Sus ojos decaídos y su mente aún adormecida no le permitían hallar la respuesta a su ausente pregunta. Con flema miró hacia la ventana de su asiento, esto le brindó mucha más información; a lo lejos pudo ver el nacimiento del hogar de sus vacaciones, la playa. Esta era su primera vez frente al indomable y enigmático reino de Neptuno, lo cual la llenó de emoción y vigorizó, pues siempre quiso conocerlo. Elizabeth notó al instante aquel brillo en su mirada, típico de cuando algo le emociona, a su respuesta, esta sonrió y le abrazó.

- Por fin estamos aquí Sally, nos ha tomado mucho tiempo, pero henos aquí. -

- Gracias Eli, realmente lo que haces por mí es demasiado, ¿tu papá no se molestará por esto? - inquirió tiernamente.

- Santiago te quiere mucho, sabes que él te considera como una hija, así como yo te amo como a una hermana. No te preocupes, al instante que supo que ibas conmigo duplicó mi renta, por lo tanto, la mitad es tuya. - Explicó con una gran sonrisa, mientras hacia una cola con su larga cabellera rubia.

- Ahora por lo único que debes preocuparte es por mi traje de baño. - Continúo.

Un temblor naciente en las piernas de su interlocutora subió por su cuerpo lentamente, hasta convertirse en un frío que se expandió por su espalda y murió en su nuca; esta era la sensación habitual que generaba Elizabeth a sus secuaces de compras.
Una vez llegaron a la terminal y evadieron la multitud que impedían el paso hasta de la más minúscula hormiga, se adentraron a su hotel, el cual debía cumplir con los minuciosos estándares impuestos por Elizabeth; debía tener vista directa al amanecer, pues practicaba *Sungazing* desde la niñez, cuando la madre de Sally le enseñó esta técnica; un balneario con palmas muy altas, una piscina decorativa y un bar con barman que usara chaleco y corbatín; su cuarto no debía tener ningún ambientador, pues era alérgica a la mayoría de estos; por último, su habitación debía ser tan blanca como la más inmaculada perla y no podía tener ningún florero, jarrón o cualquier otra vasija de vidrio o porcelana. Sally reía ante las excentricidades y caprichos de su amiga, aun así, dedicaba todo su empeño en ayudarle a satisfacer sus deseos.

Elizabeth dejó las maletas a manos del botones del hotel, y tomando del brazo a Sally la haló con prisa hasta su habitación, pues deseaba conocer si era tal cual como la imaginaba; miró por la ventana y con una brújula calculó la trayectoria del astro; hurgó las almohadas en busca de plumas; con una paleta de tonos blancos comparó el color de las paredes, piso y cubrecamas, y buscó como detective de homicidios el rastro de cualquier vasija dentro de la habitación. Ratificadas dichas patológicas necesidades, ofreció una considerable propina al botones, respondiéndole este, con una exuberante mueca de agradecimiento. Al salir del hotel, ambas se aventuraron a recorrer las calles de la veraniega ciudad de aire salado, vientos enérgicos, calles coloniales y palmeras danzantes; hasta la mítica tienda de bikinis del agrado de la rubia.

Ambas al caminar eran un espejismo sólido para las miradas, dejando a quienes tropezaran con ellas el dulce olor de su cuerpo y la amargura de su despedida; Elizabeth conocía muy bien su belleza y la ostentaba con la naturalidad de una emperatriz y la sensualidad de una geisha, mas no lo hacía por llamar la atención, sino porque poseía un gran amor hacia sí misma; Sally no se preocupaba mucho por cómo se veía, no obstante, no implicaba eso que su belleza fuese inferior a la de su querida amiga, pero sí, que provenían de esencias diferentes.

La rubia detuvo el paso de ambas y observó entusiasmada con sus ojos dorados, todas las prendas de vestir que se exhibían en la parte occidental de la ciudad, llamada la calle de Los Sacos Blancos. Transitaron durante varios minutos por el lugar mirando desde: blusas, relojes de arena, dagas ornamentadas, artesanías en madera y telas exóticas que harían perder los cabales hasta del más rígido diseñador de modas. No obstante, no había ningún rastro de trajes de baño femeninos; lo cual extrañó a las hermosas jóvenes, ya que era una zona muy concurrida por turistas. Ambas estaban a punto de dirigirse a otra zona, pero cuando estas dieron media vuelta para retirarse, tropezaron con un anciano arrojándolo al suelo; a pesar de ello, éste se puso de pie con la agilidad de un felino.

- ¿Buscan algo en particular señoritas? - Preguntó el hombre recién caído de barba larga y blanca, con piel canela y blancos dientes desordenados, mientras sacudía su larga y blanca túnica.

- Buscamos un lugar donde vendan bikinis - Respondió la blonda, haciendo caso omiso a lo que, a los ojos de cualquier otro, hubiese sido una descortesía, mientras con cierta desconfianza, Sally lo analizaba de pies a cabeza.

- Están de suerte señoritas, mi local posee una extensa cantidad de suvenires, entre ellos, bikinis. - Dijo tratando de convencer a las chicas. - Inclusive hay una vieja y olvidada librería. - Continúo el hombre, mirando fijamente los ojos heterocrómicos de Sally, con la intensidad con la que un detective mira la reacción de un sospechoso, al mostrarle la prueba irrefutable de su crimen.

Al sentir esta terrible sensación, Sally tomó de su bolso los lentes de sol y con esto esperó a que dicho individuo no irrumpiera dentro de su alma nuevamente; sin embargo, estaba por descubrir que sus ojos no eran el único acceso a su ser. Convencida Elizabeth por el anciano, decidieron seguirlo hasta su local a través de la calle de Los Sacos Blancos, a un paso un poco más acelerado del cual ambas manejaban y dicho anciano marcaba.

Por alguna razón, ya sea porque dicho hombre ejercía una gran influencia en el lugar, o sus acompañantes eran dos hermosas mujeres; las personas les abrían paso a su caminar y ninguno de los habitantes de la zona, ya fueran vendedores o turistas, dirigían su mirada al rostro de los mencionados, pues al parecer su único interés estaba en observar el suelo.

- ¿Saben por qué se llama la calle de Los Sacos Blancos, jóvenes amas? - Curioseó él con una voz descaradamente burlona.

- Es porque en este lugar, todos los vendedores entregan sus productos en bolsas de tela blanca, las cuales son tejidas por las comunidades nativas de la región; además es una estrategia para dar al turista una muestra de la cultura y un sello por excelencia de este lugar. - Respondió con gran rapidez y confianza Sally.

El hombre sacó a relucir su deslumbrante, blanca y torcida sonrisa. - Se llama la calle de Los Sacos Blancos porque es una alegoría que se refiere a los sacos como las billeteras, y el color blanco a un término usado en la zona para referirse a que no se posee dinero. -

- En pocas palabras, es el lugar donde los turistas salen si un centavo. - Prosiguió el hombre, mirando con notable interés a Sally. Mientras ella miró con asombro y un poco de ira, la corrección realizada.

- Discúlpela por favor. - Intercedió Elizabeth al notar la tensión generada por la mirada de Sally.

- Sally es un poco rígida en su forma de pensar, además es una psicóloga clínica e investigadora en neurociencias, y el instituto le ha inculcado que debe ver todo como un rompecabezas; por otro lado, a veces olvida que el trabajo no se trae consigo, y que la vida es en realidad un poco más... simple. - Agregó Elizabeth con su natural e histriónica sonrisa.

- Maese Sally, discúlpeme si mi corrección le ha ofendido de alguna manera, simplemente quería brindarles un poco de información acerca de la zona, así como prevenirlas de los hombres que le acechan. - Pronunció con humildad y amor propio de un abuelo.

A Sally le pareció una disculpa acorde a la situación en la que se encontraban, no obstante, continuaba molesta, pero sin premura lo analizó durante el largo recorrido, había algo que le inquietaba.

- Finalmente hemos llegado; les presento mi humilde tienda. - Dijo el anciano apartando la mirada y la atención, a sus dos invitadas.

Ambas miraron el establecimiento que más parecía una antigua casa del terror que una tienda de suvenires, y leyeron: *Cantos de Rinneham*, en letras pequeñas debajo de estas decía: *Cotidie morimur, cotidie conmutamur et tamen aeternos esse nos credimus.*

Capítulo III
El recién llegado

En el suelo una niña de largos cabellos blancos lloraba en medio de un gran campo de flores, cuyos distintos colores y formas dibujaban a lo lejos un arcoíris tan vivo, radiante y majestuoso que, quién hiriese una flor, sentiría que habría lastimado su propia alma. Detrás de ella, un puro manantial surgía de una montaña flotante que impregnada con su brisa las flores de aquel campo. - Levántate hermana es hora de encontrarnos con papá. - Dijo el niño de intensos ojos zafiro.

- ¡Pero quiero mi mariposa! - Gimoteó cruzándose de brazos.

- Ya te he dicho que los seres que viven a nuestro alrededor son nuestros hermanos, no puedes quitarles su libertad. - Replicó. - Además, esa no era una simple mariposa, era un Hada del Néctar y su misión es tomarlo de las flores para llevarla ante la Hada Reina... ¿Sabes? dicen que ella se pone de muy mal humor si no tiene su néctar. - Continúo, dándole misterio al asunto y bajando lentamente su voz. - Cuando eso pasa, toma sus dos sables y sale a buscar a quién le hizo perder su néctar. Cuando le encuentra, toma sus cabellos y los corta para que nunca más vuelvan a crecer. - La niña contuvo sus lágrimas y miró en rededor, pues tenía temor de haber fastidiado a dicha hada; sin embargo, ésta le observaba con una mirada jocosa mientras tapaba su boca con sus minúsculas manos.

Tomados de las manos, y con la mirada de aquella niña aún sujeta al jardín dentro del bosque de las hadas, se apresuraron a atravesarlo a toda prisa. A su alrededor notaron a las hadas del bosque volando inquietas de un lado a otro, como si se escondieran de un enemigo invisible que les acechaba desde todos los ángulos; el pequeño leyó estos pensamientos en el vuelo de estas y sujetó la mano de su hermana con mayor fuerza.

Tras un largo recorrido, dirigieron entonces su atención a los extensos caminos de piedra constituidos de gigantescas ramas pétreas que convergían hacia la torre de Gnosis; a sus lados, sólo estaban los abismos de Prow, cuyas fosas tan profundas como la mente misma, devoraba los rayos del sol dejando a su paso la más siniestra oscuridad; pero el hábito de pasar por estos lugares con frecuencia, habían hecho a los niños si no, intrépidos y meticulosos, torpes e imprudentes.

No obstante, no tomaban los caminos directos, pues su padre se los había prohibido; además de haberle inculcado a los pequeños, que debían usar siempre una capa con caperuza, para esconder el blanco puro de sus cabellos de la vista de cualquiera. A pesar de ser muy jóvenes y aparentar lo que en nuestra corta vida serían los siete u ocho años de edad, la de ellos llegaba a los 43 años; esto era debido a la sangre que corría por sus venas, claro está no era humana, sino una raza más antigua que la de los hombres, pero no tanto como la de los llamados Duhneim Amam, el cual a su debido momento nuestros lectores conocerán; dícese entonces, era la sangre de los Elfos del Mediodía, descendientes directos de la antigua raza mencionada con anterioridad. Reconocidos por su elocuencia y respetados por todos los caminantes del mediodía.

Con gran agilidad, los niños saltaban por las ramas fosilizadas del colosal árbol de Doa para llegar a su destino, no sin antes evadir con gran facilidad y destreza a los guardias que protegían la puerta de la antesala al Portal del Este, la cual comunicaba la ciudad pétrea de la Espiral de Grahim con el Pilar de Gnosis, hogar de los cuatro Oráculos. Una vez en el corredor que conducía hacia la torre, dejaron de lado sus movimientos simiescos con los que recorrieron aquel bosque, y caminaron con calma y garbo, cual jóvenes señores llegados a su palacio. Conociendo el recorrido y memorizada cada una de cientos de puertas que se encontraban a lado y lado del extenso camino, por el que transitaban los miembros de las doce familias guerreras de Mihrael, se dirigieron a su destino.

En el trayecto, la niña miraba estupefacta a las mujeres de la familia Valkyriam; especialistas en las artes de la invocación, reconocidas por su gran belleza, admiradas por su inigualable valentía y amadas por sus hipnotizantes ojos violetas. En cambio, el niño miraba impaciente las armas de los guerreros Muadjai, genios en el combate cuerpo a cuerpo y legendarios señores del arte de la espada; esto le colmaba de orgullo, pues él, como su padre, habían nacido con la lagrima de Hien, insignia divina que marcaba a los descendientes Muadjai, consistiendo en una delgada mancha roja en forma de hoz, originada en la "V" extrema del ojo izquierdo. Llevando con orgullo esta marca en su rostro, los guerreros veían al niño como a un futuro hermano de armas y le hacían una pequeña reverencia que, por supuesto, hacían llenar de aplomo su paso.

Tras caminar unos diez minutos por el mencionado pasillo, los niños se dirigieron a una gran puerta, localizada casi al final de este. Tocaron tres veces a la puerta con pausas entre estas a modo de señal, al instante la puerta se abrió y los niños entraron.

- Hijos han llegado con la puntualidad que les he inculcado cada día y eso merece mi reconocimiento; sin embargo, debo prohibirles de ahora en adelante la salida al bosque de las hadas, así como a cualquier otro lugar, hasta que les informe de nuevo. - Dijo con una voz áspera y con un imperceptible temor.

- Pero papá, no nos ha visto nadie y hemos tenido cuidado, ¿Por qué no nos dejarás salir? - habló el niño, más preocupado por su hermana que por sí mismo.

- Hijo, nadie puede saber que se encuentran aquí, deben permanecer en las sombras como les he enseñado. Mi hermano Ikham, guardián del portal del Sur de la Espiral de Calimm, me ha advertido de un hombre de vestimentas negras y harapientas, cuya única ocupación ha sido vigilar a sus hijas, Freya y Valí, en los últimos dos días. - Respondió en un tono cargado de desconcierto e impotencia. - Él al igual que yo, les protege. - Continúo. - Pero analizó en los movimientos de éste, que sus hijas no son lo que él busca, sino a ustedes. - Enseguida guardó silencio, siendo el temor a la verdad la llave que cerraría sus palabras.

- ¿Por qué debemos escondernos, padre? ¿Acaso no eres uno de los cuatro guardianes de los portales, al igual que nuestro tío? ¿Por qué no luchan? - Preguntó la pequeña con total candidez y ternura.

- Porque a quién nos enfrentamos no es a un hombre, es a un sistema. - Respondió tajante, mientras miraba sus resplandecientes ojos. - Debo irme, han convocado por primera vez en 760 años a todos los Pilares a la Cámara de los Trece... tengo un mal presentimiento; la última vez que fuimos a esa cámara, fue para iniciar la Guerra de las Almas Negras (...) - Por un momento se vio tentado a contar la verdad a sus hijos, pero sabía que, al hacerlo, sólo incrementaría el peligro de aquellos a quién hace cuarenta y tres años juró proteger. Aguardarán aquí hasta que regrese, bajo ningún concepto salgan de esta habitación. - Tomó su claymore, ajustó sus dagas y miró a sus hijos detenidamente como si viera en un futuro cercano su ausencia. Acto seguido, cerró la puerta de la habitación y su corazón, pues a donde se dirigía, éste representaba una carga que no podía soportar.

Al dejarles solos, la niña tomó a su hermano del brazo con la fuerza del amor fraternal, pues algo le indicó dentro de su ser que sería la última vez en ver a su padre y quizás... a su hermano; él la miró detenidamente a sus ojos heterocrómicos, azul - violeta, llenos de sus cristalinas e inmaculadas lágrimas a punto de rebozar, contuvo sus lágrimas y le dijo con solemnidad: - Te prometo bajo mi nombre y la marca sagrada de mi rostro, que yo: Iadrael, hijo del Pilar del Este y la Cazadora de Dragones, te protegeré. Y no permitiré que alguien te hiera (...) -

Un joven levantaba su mirada al cielo con los ojos entreabiertos. - No importa cuánto lo medite, este sueño siempre termina aquí... ¿por qué no puedo hallar tu nombre? ¿Te perdí ese día como todos a los que conocíamos, o lograste huir como yo? - Dijo para sí, entretanto se levantaba de una vieja piedra plana, la cual hacía sus veces de cama y otras de piedra afilar. Dejó ver su ropa roída, con cortes creados quizás por el filo de alguna espada y otras por el fuego. A pesar de esto, el atuendo que se componía de una camisa de mangas largas y anchas, al igual que el pantalón, eran de un blanco puro inmune al tiempo. Pero aquello que llamaba más la atención de este joven era su plateado peto, pues a la altura del corazón, poseía un gran agujero hecho con algún arma, indicando el fatídico destino de su anterior dueño. Su mente parecía serena, su cuerpo permanecía firme, pero su mirada estaba distante, en ella veía una ciudad llena de vida conformada por las cuatro Espirales y el Pilar de Gnosis, nacida de los cimientos del árbol de Doa; sin embargo, dicha ciudad ahora sólo eran ruinas y caos, existiendo únicamente en los recuerdos borrosos de la memoria de Iadrael.

El sol de aquella mañana era de una calidez perfecta, pues abrigaba a todos los seres con su luz, liberándolos del letargo de la noche. Con este ritmo, las flores colgantes de las enormes enredaderas que cubrían los vestigios de la mítica ciudad de Mihrael, se abrían como si éstas quisieran darle un abrazo al dios que les iluminaba. A él siempre le gustaba observar como a pesar de toda esa destrucción, florecía cada vez más la vida en ese lugar. Sus ojos tan vivos como el más puro zafiro, se quedaron fijados en el espectáculo de cómo la ascensión de la luz de Leviatán iluminaba lentamente lo que quedaba del Pilar de Gnosis y el árbol de Doa, mostrando la majestuosidad del colosal árbol petrificado. Hasta que un sonido perturbó su ritual.

Con movimientos silenciosos se dirigió al Este, lugar donde provenía aquel ruido sospechoso, imperceptible para un humano, pero la agudeza de los sentidos de Iadrael superaba enormemente a cualquiera de estos.

El joven guerrero usaba una claymore mellada sin filo, su peso era alrededor de doce kilogramos y, aunque no podía cortar, un golpe con esta arma destrozaría los huesos de su oponente. Avanzó sigilosamente con sus pasos silenciosos, resultado de su entrenamiento como cazador, convirtiéndolo en un depredador invisible, sólo detectable por los latidos de su corazón y su olor.

El epicentro del sonido provenía de un bosque frondoso de grandes árboles y raíces sobresalientes como enormes serpientes, en cuya bahía se encontraba un enorme lago y, a sus orillas, se hallaba un ser. Este detalló a la criatura, la cual no parecía estar consciente, pues estaba bocabajo en el lodazal creado por la tierra removida y el agua del lago Beginn que, en la edad dorada de Mihrael, era donde se llevaba a cabo el bautizo de las Valkirias; por otro lado, la pena por beber o bañarse en estas aguas sin pertenecer a dicho clan, correspondía a la muerte y, aunque era una tradición olvidada, nadie se acercaba a este lago.

Iadrael, como cazador experimentado que era, analizó la escena. En ella había vestigios de lucha por llegar a la orilla: rasguños en la tierra sin dirección, los dedos clavados en la tierra como ganchos y la otra mitad de su cuerpo aún permanecía en el agua.

- Sigue con vida, aún escucho los latidos de su corazón, pero perdió el conocimiento hace menos de quince minutos. - Pensó. - ¿Entonces de donde provenían aquellos ruidos? quizás estoy en... - Un ruido más fuerte detuvo sus pensamientos. Al principio era un mínimo ruido, pero lentamente se incrementó hasta hacerse un fragor del cual se distinguían gruñidos, pasos y ruidos metálicos.

Al cabo de un minuto, Iadrael pudo observar a los autores de la algarabía, su sorpresa no puedo haber sido mayor; entre todos los posibles peligros al que éste se había enfrentado, el que se presentaba en frente suyo era, sin lugar a dudas, el más grande después de la caída de Mihrael. Con parsimonia, de las sombras emergía un pequeño ejército de alrededor de veinte cabezas.

Los individuos, criaturas enormes difíciles de catalogar; puesto que su rostro tenía ciertas semejanzas con las de una hiena, pero no podría afirmarse con seguridad su procedencia; su cuerpo era corpulento con brazos gigantescos y peludos, con manchas blancas grandes y poco abundantes en el espeso pelaje azabache; se erguía como un hombre, pero sus piernas eran demasiado delgadas como para sostener todo el tiempo su propio peso.

Entre todos ellos, uno se abrió paso entre la multitud. Sus ojos carmesí mate carentes de alma, buscaban a su alrededor algo, dejando con el movimiento de su cabeza, una estela de dicho color. Su tamaño era descomunal a comparación de los demás, en promedio estos medían entre dos y dos metros y medio, pero él medía casi los cinco metros.

– (...) – Guardó silencio al posicionarse delante de la manada. Ésta permaneció inmóvil. Con su mano señaló a uno de ellos. Éste avanzó con cautela en cuatro patas por el camino creado por sus camaradas, mientras miraba a sus compañeros buscando al parecer apoyo. El resto, por el contrario, estaban petrificados observando a su aparente líder e ignoraban la súplica visual de su compañero. Al llegar frente al colosal, gruñó algo.

– No puedo creer que una manada de Greylangs hayan llegado hasta este punto. Se supone que le temen al agua... ¿Cómo cruzaron el río Estigia? – Recapacitó. – Mi padre decía que ellos poseen un olfato muy poderoso... si me muevo, una brisa podría llevar mi olor hacia ellos, pero si permanezco quieto por mucho tiempo podrían detectarme igual. – Su mente se iba llenando rápidamente de cientos de alternativas para salir de su situación, pero todas convergían a que sería descubierto.

Mientras Iadrael pensaba, el greylang seleccionado, que era de un tamaño inferior al del promedio, gruñó algo a su líder mientras con sumisión bajaba su cabeza hasta quedar tendido en el suelo. El gigante avanzó un paso. A diferencia de los otros, sus miembros inferiores eran tan fuertes que podía permanecer de pie sin ningún problema. Al hacer esto, todos dieron un paso atrás, no obstante, este no fue dado por orden de su cabecilla, sino por su instinto de supervivencia.

- Carne. - Balbuceó con flema. Con gran rapidez levantó a su subalterno del cuello con su mano izquierda clavándole sus garras, mientras éste gesticulaba una expresión de dolor y sus ojos salían de sus orbitas; lo arrojó contra al suelo con potencia haciendo crujir los huesos de este con el impacto; con su mano derecha sostuvo sus piernas y sus colmillos se introdujeron en el abdomen de su ahora presa, lanzando terribles gritos de dolor mientras todo su cuerpo convulsionaba con brusquedad, sus ojos perdían su color carmesí y sus órganos salían despedidos en todas direcciones.

Esta escena paralizó a Iadrael, jamás había visto algo tan brutal. De la nada, su preocupación hizo emerger una gota de sudor de su frente. En ese instante, tres Greylangs se percataron de su olor. Tras un segundo, el gigante, con trozos de carne en su rostro y sangre goteando de los pelos de su hocico, desvió su atención por un momento de su festín. Giró su cabeza maquinalmente en la dirección de Iadrael y se detuvo justo allí. Sus fríos ojos escarlata resplandecían con una sevicia sin precedentes. Iadrael lo supo entonces... supo que sería justo en ese lugar en el que moriría.

El líder se levantó dejando tras de sí, los restos descuartizados de su camarada. Sus pasos retumbaban como truenos sobre el suelo de aquel bosque. Iadrael se encontraba a menos de cincuenta metros de la manada, no era suficiente ventaja para huir, ni tiempo para articular una estratagema. Él estaba perdido, se encontraba como espectador de su propia muerte; sus piernas temblaban, su sudor se detuvo, su mano derecha se aferraba tan fuertemente al mango de su claymore que ya no la sentía; sus recuerdos pasaban por sus ojos, todos aquellos años de entrenamiento con la espada parecían esfumarse, finalmente su vida, salía de su cuerpo sin retorno, al igual que el humo sale para siempre de la fogata.

- Busca a Valentía. - Escuchó. - Busca a Valentía, encuéntralo. - Escuchó la voz de su padre provenir de un recuerdo lejano.

Sus ojos resplandecieron con el fuego de su voluntad, de repente se sentía vivo de nuevo. Su espíritu de Muadjai regresaba. En medio del preámbulo a la batalla, recordó una valiosa enseñanza de su maestro: nunca pierdas antes de luchar.

Iadrael se incorporó, los greylangs se dirigían a paso lento guiados por su señor, esto le dio tiempo de trazar una estrategia. El líder se detuvo a menos de treinta metros, rugió y dos greylangs corrieron a toda velocidad como lobos gigantes hacia él. Éste esperó hasta el momento exacto y lanzó un par de dagas hechas con partes de espadas rotas, las cuales se clavaron en el cráneo de ambos seres, al introducirse en sus hocicos justo al momento de lanzar su tenaz mordida. Con el ímpetu, ambas criaturas chocaron muertas contra los árboles de en rededor, arrancándolos de raíz y dejando al descubierto a su verdugo.

El gigante permaneció inmóvil, no por temor ni por angustia. Era porque recibió más de lo que esperaba. En su desfigurado rostro lleno de cicatrices, pareció esbozarse una sonrisa. Al parecer conocía a Iadrael, o quizás la raza a la que pertenecía identificada por su olor. Dio un par de pasos, parecía feliz o más bien excitado de encontrar a un oponente digno; los demás greylangs se alejaron de su camino, agachando su cabeza y evitando el contacto visual. Aunque parecían lobos homínidos, su otra mitad parecía calzar a la perfección con la voracidad y tenacidad de las hienas. Iadrael blandía su claymore, era el momento de que uno de los dos cubriera la tierra con su sangre. Ambos se miraban fijamente, Iadrael sumergido en el mar de sangre de sus ojos y el greylang, en su brillo zafiro, pero justo cuando la batalla estaba a punto de iniciarse, el greylang se detuvo, elevó su hocico hacia el cielo y luego lo dirigió al suelo. A su lado, cubierto de lodo, halló la criatura de interés del elfo, su olor era familiar, aunque su aspecto le fue irreconocible. Lo tomó con sus garras de sus ropas y lo sostuvo en el aire para observarlo con mayor detalle.

Aquel ser era un humano, alto y delgado, su cabello corto cubría parte de su rostro y de él emanaba una gran cantidad de agua. Vestía un chaleco cuyo color no era fácil de suponer, debido al lodo que le rodeaba. Su camisa era azul claro y vestía un pantalón negro, pero de entre toda su vestimenta, hubo algo que se destacó con mayor intensidad: una corbata azul de Prusia con franjas blancas diagonales y finos bordes plateados.

Capítulo IV
Dominus

El anciano abrió la puerta y con una gran reverencia les invitó a seguir mientras decía: - maese Sally, maese Eli, sean bienvenidas a mi humilde tienda, morada y tumba. - Con su cabeza inclinada y su mirada hincada en sus cuellos.

Por primera vez, Elizabeth miró a su amiga con una expresión que denotaba pavor, pues esta última palabra se clavó en su mente y perturbó su calma, además del porqué conocía su nombre, sin este haber sido pronunciado.

El anciano se incorporó. - Pero qué descaro he tenido al llamarles por sus nombres sin antes presentarme, me llamo Dominus. - Expresó como si de alguna forma hubiese leído el pensamiento de Elizabeth, mientras esbozaba una pequeña sonrisa.

Sally quería huir, pero necesitaba saber quién era ese hombre y por qué parecía saber quiénes eran; estaban en una tierra muy lejana, nadie debería conocerlas. Elizabeth, por el contrario, decidió abandonar su temor y entregarse a su misión; pues sus miedos habían cedido ante sus caprichos desde niña. Haciendo honor a dicha voluntad, retomó el control de sus pensamientos y antes de expresarle de nuevo sus deseos, el anciano le señaló con la mano el lugar donde se veía una gran cantidad de vestidos de baño. Ninguna se había percatado del tamaño del lugar, pero era varios órdenes de magnitud más grande de cómo se veía por fuera.

Elizabeth miró a Sally y con su mirada le expresó que la siguiera, a lo que ella afirmó instantáneamente del mismo modo. Dominus que al parecer estaba cientos de pasos delante de las jóvenes, miró a Sally.

- Ahora que maese Eli estará un poco ocupada, midiendo uno a uno los vestidos que mi tienda le puede ofrecer. - Dijo - Podemos ir a la biblioteca que mencioné con antelación y la cual se encuentra en el sótano. -

Sally miró a su amiga con los tiernos ojos de un niño que suplican clemencia ante la ausencia de sus padres en su primer día de guardería. Eli los correspondió.

- Veo que son inseparables hijas mías. - Lanzando una larga y jocosa risa que, de cierta manera, calmó los nervios de nuestras amigas; aunque Dominus parecía un tierno abuelito, sus palabras tal vez demasiado honestas, generaban desconfianza en la mente de quienes todo el tiempo vivían rodeadas de mentiras.

Sally se armó del mismo valor que su amiga, sólo que su fuerza no provenía de una vanidad inconmensurable, sino de la simple y clásica curiosidad. Con las gesticulaciones precisas pero imperceptibles, propias de mujeres que se conocen desde la niñez, compartiendo sus vidas al punto de desarrollar un nuevo sistema de lenguaje corporal, al que cariñosamente llamaremos "lenguaje de delfín"; pues sabemos que se comunican, mas no tenemos idea de cómo. Sally "envió" la señal de: - Tranquila, puedo sola con esto. -

Esto en efecto tranquilizó a Eli, arrojándose contra cientos de bikinis mientras hacía su cara de sorpresa y "¡Los quiero todos!" Que tanto enloquecían a quienes la acompañaran.

- ¿Nerviosa, maese Sally? - Dijo en tono patriarcal mientras bajaban al sótano. - Hay muchos libros que quiero enseñarte, pero sólo hay uno al que deseas. Lamentablemente, ese libro no puedo mostrártelo. Ya que ese será tu paga. - Sally se mostró realmente confundida ante esta última frase.

- ¿A qué se refiere con paga? ¿Acaso cree que hemos venido buscando trabajo? -

Este de nuevo mostró sus caóticos dientes y rio. - En mi tienda no se compran las cosas con dinero, se hace con trabajo. Verás, el dinero cualquiera lo consigue; ya sea recibiéndolo o pidiéndolo de algún allegado e incluso de trabajos que no explotan todo el potencial de las personas como lo hago yo. Además, mi vida se extingue al ritmo de una cerilla que ha sido encendida y como no busco extender mi vida, el dinero me es inútil. - Dijo con nostalgia y reticencia.

Sally inmediatamente pensó que había sido secuestrada y en su mente afloró un millar de posibilidades para escapar de dicha de situación; incluso recordó como Enzo, uno de sus ex novios, le había enseñado algo de Tai Chi del estilo Yang para defenderse de un agresor. A su vez, recordó el día en que le conoció, pues era una noche bastante calurosa, donde la humedad del aire no concedía ese delicioso descanso de la abrazadora temperatura de la tarde, sino que imitaba el vapor proveniente de un baño turco y condenaba a los ciudadanos a un proceso de cocción lenta.

Sally se marchaba de la biblioteca como bien acostumbraba a hacer los martes a las 8:30 pm de su rutina de lectura de artículos del mes, mientras miraba el cielo y contaba las estrellas. De repente chocó de frente con un joven que hacía exactamente lo mismo. Ambos se miraron torpemente el uno al otro, en realidad, Sally lo miró con desprecio por haberle hecho perder la cuenta, pero él la miró como si hubiese descubierto un nuevo astro en el firmamento. Ella al notar esa mirada, bajó la guardia. Ambos sonrieron y rogaron volverse a encontrar, lo cual sucedió tres semanas después en casa de Elizabeth, mientras éste les daba clases a ella y a sus compañeros, ya que él era el asistente del profesor de economía de la universidad. Finalmente, recordó con tristeza cómo las cosas no resultaron bien entre los dos... Posteriormente regresó a la realidad.

Dominus le observaba con detalle como si de alguna manera le causara gracia su expresión. Sally en cambio se sonrojó un momento, por haberse dejado llevar de su sistema límbico y haberla apartado de la situación en cuestión. No obstante, Sally notó algo diferente, vio en él a alguien conocido, no supo a quién, pero le recordaba borrosamente a alguien y, por alguna razón, también la melodía de una vieja caja musical. Además, había desaparecido la idea del secuestro y flotaba la del "trabajo".

El viejo miró con perspicacia a los ojos de Sally y, aunque ella llevaba sus lentes de sol, pudo sentir esa mirada incisiva de nuevo sobre su existencia.

– He estado pensando en darte algo antes de que empieces a trabajar. Es por decirlo así, un adelanto a tus servicios. –

El anciano tomó de la vieja biblioteca una caja de madera con un extraño símbolo en su tapa, parecía el dibujo de un árbol encerrado en un círculo; de su blanca túnica sacó una diminuta llave con la que abrió la caja y reveló su contenido. En su interior se encontraba una hoja de papel del blanco más puro, pero sin ninguna escritura en ella. Cerró la tapa y elevó en ambas manos cada objeto: en la derecha se encontraba la diminuta llave y en la izquierda, la caja. – Para el primer pago sólo un objeto habrás de escoger y el segundo al final podrás obtener. – Manifestó.

Sally no comprendía a que venía todo y cientos de interrogantes surgieron en su mente; ¿Qué es ese papel?, ¿Por qué nos escogió a nosotras?, ¿Quién es este hombre?, ¿Por qué me da a escoger entre ambos objetos?, Es evidente que, sin uno, el otro me es inservible.

Dominus continuaba exhibiendo ambos objetos manteniendo la mirada firme en los ojos de la joven. De repente, ésta decidió quitarse sus lentes para dejar al descubierto sus ojos. Dominus los había visto muchas veces, pero verlos de nuevo por iniciativa de ella le dejó perplejo. Por un momento sintió que el mundo se detuvo y aquellos heterocrómicos ojos violeta - verde, eran el destello de dos galaxias cercanas emergiendo de la oscuridad del universo. Sally le sacó de su trance y dijo: - La llave, escojo la llave. - Dominus se sorprendió, mas no lo demostró, decidió esperar el porqué de su decisión.
El anciano alargó su mano y entregó la llave a Sally mientras le miraba con notable curiosidad.

Por otro lado, la mirada de la joven rebosaba de convicción mientras en sus manos observaba dicha llave. - La caja. - Mandó Sally. Dominus lo comprendió. Bajó entonces la caja al alcance de ella, donde ésta introdujo la llave y abrió el cofre. - Me pediste que escogiera entre la llave y la caja, mas no entre la llave y el contenido de la caja. - Dibujándose una dulce sonrisa en su rostro, de esas que sólo Eli conocía y era el producto de la satisfacción al resolver un enigma. Este era uno de sus pasatiempos favoritos y razón por la que compró un Nintendo 3DS en un viejo anticuario junto con un videojuego llamado *El Profesor Layton*.

- No esperaba menos de usted, maese Sally, pero la verdadera prueba comenzará en el instante que su piel entre en contacto con este papel, pues verá lo que la humanidad fue obligada a olvidar; sentirá lo que pocos pudieron compartir; conocerá un mundo más allá de su comprensión, pero que guarda una fina conexión entre usted y sus padres. - Comunicó en un tono enfático.

- ¿¡Qué?! - Enunció totalmente sorprendida y aterrorizada. - ¿Dijiste mis padres? - Continuó mientras su esclerótica se teñía de color rosa. - ¡¿Qué sabes de mis padres?!! - Gritó perdiendo el control y dejando aflorar unas pequeñas lágrimas en sus ojos. - ¡Responde! -
Dominus guardó silencio un instante y señaló con flema. - Maese Sally, no puedo hacerlo con palabras... es demasiado peligroso; como usted sabe, por orden imperial está prohibido hablar del incidente de hace doce años (...). -

Ambos se miraron a los ojos. Nadie a ciencia cierta sabía qué le tenía preparado este anciano a Sally mientras le miraba, pero ésta pareció buscar en los de él una explicación. Tan solo hubo un segundo de silencio, luego vino el caos.

Sally tomó con prontitud el papel de la caja con agresividad. Al hacerlo, los ojos de la joven perdieron su brillo al entrar en contacto con su premio, sintiendo que el mundo caía sobre sus hombros. De ninguna forma podía vincular a sus padres con el incidente de hace doce años; se llevó las manos hacia sus cabellos entretanto estas temblaban; hablaba con gran velocidad a voz baja de forma incoherente y su mirada yacía perdida en el infinito. Padecía de una crisis nerviosa. De repente logró recordar lo que su mente se propuso a olvidar en ese fatídico día hace doce años (...) recordó el inmenso y dantesco ojo grisáceo que se abrió en medio del cielo, cuyo movimiento maquinal parecía estar en búsqueda de algo o alguien, el cual se detuvo sobre su ser y con pánico veía como un millar de pequeñas y largas manos negras se dirigían hacia ella. El cuerpo de Sally no resistió la conmoción de dicho recuerdo, pues aquel ojo no le veía; le arrastraba hacia una oscuridad sin límites. Finalmente, la joven cayó de rodillas y perdió el conocimiento.

– Con esto es más que suficiente (...). Has reprobado, maese Sally, pero te ayudaré a encontrar a tus padres; después de todo se lo prometí a ellos. – Dijo con una tranquilidad propia de aquel que ha visto el infierno y apostado con el mismísimo Mefistófeles. – Por ahora borraré de tu mente el recuerdo de la caja y la llave, pues aún no estás preparada. Ahora duerme, ángel mío, pues si decides continuar; tu mundo, nuestro mundo y todo lo que crees conocer, se vendrá abajo. Incluso, deberás ver a aquel ser una vez más. – Finalizó con ternura mientras acomodaba su cabeza sobre una almohada en el suelo y quitaba dulcemente sus cobrizos cabellos de su rostro.

Capítulo V
La noche

Quién diría que una noche tan diáfana como esta, donde los astros centellan como los ojos de una mujer enamorada y la Luna se viste de un hermoso halo que ilumina cálidamente la oscuridad, estaría en esta situación. –

Poetizó Carlos en su pensamiento, mientras irremediablemente caía desde el piso treinta de la Torre de Cali, donde los fragmentos de vidrio rasgaban su ropa y la gravedad lo conducía a su fatídico destino; sin embargo, creo que nos hemos adelantado un poco respecto al hilo conductor de esta historia; retomemos pues nuestro relato.

Carlos la conoció un día cualquiera en la galería de arte del museo La Tertulia, ese peculiar día estaba aburrido por no haber recibido ninguna oferta por sus obras o su cuerpo, así que su atención no tenía dueño; hasta el momento en que sus ojos se toparon con una mujer tan contrastante como los salarios de los políticos y las personas del común.

Dicha mujer caminaba con la seguridad de quién lo ha tenido todo o en su defecto sabe que lo tendrá. Sus pasos dejaban en su camino una delicada estela de perfume visible por el seguimiento instintivo de las miradas masculinas y femeninas; podría referirse a su encanto como al del *Flautista de Hamelín*.

Andrea vestía una blusa gris de tiras que resaltaba el azabache ondulado de su cabellera, junto a una deliciosa minifalda negra de boleros con diminutas margaritas, lo suficientemente larga para afirmar su pudor y corta para incitar la impudicia. En adición a este vestuario, usaba unos *Converse* clásicos grises.

Al ingresar a la exposición varios hombres se lanzaron hacia ella con el fin de llevársela a un lugar más privado, mas nadie contaba con la personalidad de dicha mujer; de los seis hombres que se le acercaron y pidieron su compañía, usando diversas tácticas entre dinero, grosería, caballerosidad y elocuencia, los seis recibieron una terrible bofetada y patada en la canilla. Carlos reía por montones al ver el fracaso de los demás, aunque el verdadero motivo, era que unos segundos antes de aventurarse hacia la susodicha, un cliente se interesó y compró uno de sus cuadros, ahorrándole una buena ración de dolor y humillación.

Al presenciar el gentío la actitud déspota de la joven, evitaron mirarla de nuevo y de un modo u otro la galería regreso a su estado basal antes de su aparición. Entretanto, Andrea observaba los cuadros y halaba con porfía su falda.

- Debiste haberle dicho a tu amiga que te prestara algo más adecuado a tus gustos y medidas. - Pronunció con natural seguridad.

Andrea no pudo resistirse a verle y dirigir su atención a sus ojos; se trataba de un joven con mirada firme y ojos oscuros.

- Mientras celebrabas secretamente con tu amiga en su habitación y bebían vino tinto, específicamente de la casa *Nieto Senetiner*, manchaste tu jean al derramarlo sobre tus piernas; pero en vista que este vino lo tomaron sin consentimiento, debiste cambiarte de ropa para que los padres de ella no notaran el desastre; sin embargo, no existe crimen perfecto, ni mentira piadosa y, al parecer, no notaste que la parte posterior de tus zapatos tienen una mancha reciente de vino y que tus piernas resultaron aromatizadas de la característica nota de vainilla del mencionado vino. - Continúo.

Los ojos de la mujer permanecían desconcertados ante la audaz y verídica deducción de aquel joven, pero su orgullo podía más que la admiración hacia cualquiera. Aprovechando la presencia de un cuadro justo en la dirección en la que había estado observando concentrada durante segundos los ojos de Carlos, ignoró la perspicacia de éste y acudió a dicho cuadro. Este acto desarmó la entrada triunfal que, hacía pocos segundos, había tenido.
Andrea caminaba con pasos cortos observando con detalle cada obra expuesta, de repente encontró una de su agrado, titulada Lujuria; era una mujer desnuda con su cuerpo difuminado, pero aun así era posible percibir las finas curvas de Venus y la osadía de una Amazona, pues en su cuadro ella arrojaba una vasija, la cual al impactar sobre una pared imaginaría, se desintegraba en los símbolos opresores de la sexualidad femenina.

- No comprendo este cuadro. - Dijo en voz baja para sí.

- No necesitas comprenderlo. - Respondió sorpresivamente Carlos. - La comprensión de una obra es digna de cada quien y ninguna de ellas es errada. -

- Basándose usted en esa premisa, ¿qué hizo grande a otros pintores sino el comprender lo que ellos se inspiraron en plasmar? - Arremetió ella con una mezcla homogénea de desprecio e interés. Éste sonrió dulcemente mientras clavaba su mirada en sus ojos.

- Las personas necesitan sentirse inteligentes y alabadas, por eso analizan cada aspecto de su existencia, ingenuamente creen que así le están diciendo al mundo que ellos son los que poseen el control sobre sus vidas. - Respondió con algo de seriedad y notoria nostalgia. - Lo importante no es el significado de la obra, sino lo que ella plasma en el individuo; sin embargo, si lo que tú deseas es el porqué de este cuadro, puedo explicarlo. - Continúo en tono conciliador. Y sin caer nuevamente en la mirada indagadora del artista, Andrea escuchó lo que tenía que decir.

- Esta persona claramente tiene cierta aversión sobre el concepto de la feminidad; se deduce por la técnica rudimentaria con que realizó específicamente el cuerpo de la mujer en la pintura, la dactilopintura. Además de haberla recreado con cierta violencia, probablemente le moleste la actitud sumisa de algunas mujeres y el hecho de no valorarse a sí mismas como iguales ante los hombres. Esto lo derivo al hecho de la vasija, ya que en el simbolismo freudiano hace referencia al órgano sexual femenino, además las características de color corresponden inexorablemente a la china, dando a entender el alto costo que posee y, por tanto, a su descarado egocentrismo. Si a esto se le suma la carencia absoluta de humildad del pintor, extravagancia, como a su patológico amor propio y la tendencia a ser independiente, puedo concluir que este sujeto vive en el barrio San Fernando aquí en Cali. -

Andrea reaccionó con agilidad ante la conclusión de su locutor y preguntó sorprendida, ¿cómo había llegado a ese veredicto?

Éste sonrió con elocuencia y le susurro a su oído:

- Yo lo pinté. -

Frustrada por caer en tan "clásica" situación, no tuvo más remedio que esgrimir una sonrisa.

Pocos creen en eventos donde su vida es definida por un suceso, pues sería asumir la existencia de un destino y, a su vez, la ausencia del albedrío; pero ambos jóvenes estaban conectados por una sutil, pero inexpugnable causalidad.

- Me lo llevo. - Expresó con una tenue, firme y encantadora voz.

- Vaya, eso fue rápido. No esperaba que te decidieras tan rápido por uno de mis trabajos. -

- Es una obra muy interesante, además se ajusta perfectamente a los gustos de mi papá. -

- ¡Entonces está vendido! - Respondió entusiasmado haciendo chocar sus palmas.

Andrea sacó una AmEx de la nada, literalmente de la nada, pues su falda carecía de bolsillos.

Carlos metió ambas manos en los bolsillos de su pantalón y dijo con desconcierto: - ¿Qué haces? -

- Pues pagaré por tu obra. - Respondió con parsimonia y similar confusión.

- Ya me lo has pagado... tu sonrisa era todo lo que quería. - Manifestó con indiferente satisfacción. - Dirígete con Hernán en la recepción, él lo envolverá. - Continúo mientras lentamente le daba la espalda y se alejaba de ella.

- ¡Eres un imbécil! - Contratacó. - Juegas a ser Sherlock Holmes, muestras un gran interés en mí, aun cuando lastimé a cinco tipos antes de ti, ¡para finalmente darme la espalda? ¡Eres increíble! - espetó.

Carlos la miró como si aquellos gritos hubiesen tenido lugar en otra región del universo, donde jamás hubiese podido ofender a nadie y dijo: - Seis. -

Andrea le miró desconcertada. - Fueron seis hombres. Y me gustó que me tutearas. - Continúo él.

El rostro de Andrea era imposible de describir, simplemente se podría concluir que ella quería golpearlo con toda su fuerza en la entrepierna.

- Si de verdad te molestó mi actitud, entonces ¿qué te parece si te invito a salir en este momento para compensar mi inadecuado comportamiento? -

Andrea se ruborizó. No por la invitación, sino porque era la segunda vez que aquel joven le hacía caer en sus trampas.

- ¿Y quién dice que aceptaré esa invitación? -

- Lo acabas de hacer, ya que si no tuvieses interés me habrías golpeado y no me habrías preguntado nada. -

- Tres veces. - Pensó. Y como un pez confundido tras ser cegado por una intensa luz en una noche de Luna nueva, Andrea aceptó su invitación y al salir del museo tomaron un taxi.

Hernán se encargó de envolver el cuadro y diligenciar su envío a la residencia de la hermosa mujer, no sin antes guiñarle el ojo en tono de aprobación al joven por tan exquisito "premio". Aunque sus verdaderos sentimientos eran otros, pues éste estaba profundamente enamorado de Carlos.

La tarde estaba a punto de terminar y Andrea observaba el ocaso ensimismada al igual que él, sólo que, para el pintor, ella era su ocaso. Ambos buscaban la verdadera razón del porqué de sus acciones, pues él se sentía atraído por algo más que el físico y ella se sentía atraída por un hombre con el que apenas había cruzado 518 palabras.

A pesar de la actitud segura que desprendía Carlos, éste no poseía la más remota idea sobre lo que haría a continuación. Eso le emocionaba, ya que no era muy común que estuviera fuera de su zona de confort.

Una vez se apearon del taxi, el joven la impelió al interior de una discoteca tan deprisa, que ella no pudo leer el nombre de aquel lugar. Recorridos quizás menos de diez pasos dentro del lugar, una mujer se interpuso en el camino de ambos muchachos.

- Mmm sabía que volverías por aquí, mi amor – dijo una mujer con voz zigzagueante cuya mirada demostraba que tenía un doctorado en sensualidad y artes nocturnas. Ésta miró con desprecio a Andrea y lentamente se acercó a musitar algo en el oído de su acompañante y a propinarle un mordisco en la mejilla; después de esto simplemente desapareció.

La actitud del artista no cambió un ápice con respecto a Andrea, tal era su tranquilidad ante la situación que cualquiera hubiese pensado que ese incomodo momento jamás existió, excepto por la marca de lápiz labial en su mejilla, la cual Andrea se aseguró de borrarla con una potente bofetada.

Adolorido, dirigió a su acompañante a una mesa e inmediatamente la miró a los ojos, o más bien por uno de sus ojos, ya que la inflamación en la mitad de su rostro se lo impedía. - Dijo que eras un muy mal polvo. Personalmente lo dudo, pero su deducción me parece un tanto atrevida, tan sólo te vio caminar un par de metros. No obstante, planteada la inquietud, ¿te consideras un mal polvo? - Preguntó con imperturbabilidad. Segundos después Carlos se retorcía en la mesa buscando aire, debido a una patada directa a sus gónadas.

Al ver sufrir a Carlos, la mujer del mordisco se dirigió con prisa a la mesa donde éste agonizaba, tomando de la barra una jarra de cerveza. Mientras tanto, Andrea hacia rulos con su cabello, mirando a su alrededor sin prestar la más mínima importancia al doblegado. Una vez en la mesa, la mujer se acercó a él y le derramó la cerveza sobre su cabeza mientras le decía: – Quién con niños se acuesta... cagado se levanta. – Andrea, impetuosa, se puso de pie y con ambas manos situadas sobre el vestido de la agresora, lo rasgó y dejó al descubierto su sensual y bien bronceado cuerpo carente de ropa interior. Atónita, la mujer emprendió la huida cubriendo su pudor como podía, mientras gritaba con la paradójica intención de que no la miraran.

Carlos se incorporó débilmente y gastó una risotada carente de aire. Andrea se sorprendió de ver cómo podía seguir adelante a pesar de todo lo que le sucedía a su alrededor, siendo el 66.67% su culpa. – De verdad que eres una mujer sin igual, un poco violenta, con ligeras tendencias sociópatas, pero en general única. – Describió él mientras blandía su inalterable sonrisa. Ambos se miraron y por un momento y sólo por un momento, no pensaron; supieron qué querían el uno del otro.

La noche transcurría con los sonidos del Grupo Niche, Guayacán y uno que otro merengue, donde encontrar espacio en la pista para bailar estos últimos, era algo no menos que legendario. Las parejas bailaban y bebían celebrando la nada, introduciendo alcohol en sus torrentes sanguíneos para estimular los receptores gabaérgicos en el sistema nervioso central y liberar ácido amino – gamma – butírico, desencadenando la desinhibición inespecífica de la corteza cerebral y la corteza cerebelosa; en resumen, para embriagarse.

Andrea, era por mucho la mujer más sensual de aquel establecimiento, se podría decir que sus ropas eran más que simples comparadas con la de otras mujeres, pero su forma de moverse y la inherente esencia de su mirada, enloquecía a quienes estuviesen en su paso. Carlos la observaba detenidamente mientras bailaban, sus pasos eran torpes y simples, mas no por ser mal bailarín, sino porque su concentración no estaba en el ritmo, estaba en ella.

La hermosa acompañante de Carlos bailaba sin parar, ondeando su cuerpo y su mente, sus labios y su mirada, su vesania y su cordura; además estando con sus ojos fijos en los de ella le concentraba en la dispersión de sus pensamientos, deleitándolo de una manera jamás concebida por su mente, pues era una mujer más allá de lo imaginable, mas no por su majestuoso físico, no; era algo más profundo y único, utópico, pero real. Sus manos le sudaban, su frente se perlaba, sus palabras lo encontraban y su olor lo atraía. Él no lo comprendía, porque jamás lo había vivido, pero sufría de un estado que todos padecemos al menos una vez en nuestras vidas, estaba enamorado.

Al igual que ella, él bailaba todo lo que sonara excepto música electrónica. Cuestión descubierta por ella por simple inspección. Ésta bebió un sorbo de la cerveza que con anterioridad habían comprado y se dirigió hacia el DJ del lugar. Carlos la miró con expectación mientras hablaba con un hombre que usaba una ridícula gorra en pleno horario nocturno y pensó en lo inútil de su vestimenta, además, por alguna razón desconocida, lo odió inmediatamente al ver cómo le hablaba. Finalmente, ella chocó sus puños con su interlocutor y se dirigió de nuevo a su mesa.

- ¿Estabas preocupada porque sufriera de quemaduras lunares y le recomendaste alguna crema? – Andrea le miró, sonrió e ignoró sus palabras. – Vamos, quiero bailar la próxima canción. – respondió ella. Lo tomó de sus manos y arrastró hasta el medio de la pista e inicio el ritmo de una bachata, en toda la noche no había sonado alguna. Ella rodeó su cuello con sus manos dejándose llevar por el vaivén de la música sincronizada por sus cinturas. Era también la primera vez que bailaban tan juntos y él aprovechó para tomar su cintura y aprisionarla contra su cuerpo. La música transcurrió sin decirse una sola palabra entre ellos; en ese momento, las palabras sobraban.

Al casi punto de finalizar la canción, el DJ mezcló Danza Kuduro y la pista se abarrotó de personas, Andrea y Carlos salieron de su idilio y, entusiasmados, se miraban fijamente al tiempo que cantaban el coro al ritmo de la canción. Ninguno de los dos estaba ebrio y ambos lo sabían, de todas formas, ninguno de los dos olvidaba el hecho que a duras penas se conocían; sin embargo, no lo consideraban como un problema, sino como una oportunidad.

Pocas veces él se había divertido tanto con alguien, Andrea lo sabía y sentía lo mismo. Ocasionalmente volvían a unir sus cuerpos cuando el ritmo se los permitía, ella llevaba sus manos hacia su cintura sujetándolas con fuerza, y él rozaba su barbilla con su fina barba sobre su cuello y su hombro.

La rumba estaba a punto de alcanzar el clímax. Por todas partes se veían improvisadas parejas, algunas estéticamente compatibles, otras siendo producto del alcohol; pero en general felices, el arrepentimiento sería al otro día. De la nada y sin previo aviso, el DJ hizo sonar *La Vamo' a Tumbar,* Andrea amaba esa canción, pero nadie la adoraba más que Carlos, un golpe de suerte de parte de ella y la lista que había encomendado al DJ. Ambos danzaban alegres y despreocupados, no eran jóvenes al punto de la adultez los que se encontraban allí, eran niños que habían encontrado su lugar favorito brincando sin parar.

Pese a lo acertado de la lista de baile, ese era sólo el calentamiento. El verdadero reto empezaba al final de la anterior canción, cuando ambos tomados de la mano se habían detenido un momento al sentir el final de la canción. No se miraban a los ojos, ya no tenían voluntad para hacerlo; lo hacían a sus labios, sus cuellos y sus pechos. Él dio un paso, ella lo acompañó, sus cuerpos se atrajeron, sus parpados se cerraron, sus pulsos se aceleraron, el cabello ondulado ahora liso por el sudor se deslizaba sobre la suave tez de Andrea, por un segundo, el mundo guardó silencio, las guerras se detuvieron y los cielos se despejaron; un beso estaba a punto de nacer.

Los suaves y rosados labios de ella se fundieron con los carnosos labios de él, donde sus sensibles partes se estremecían por el lento y caótico movimiento de su lengua. Ella se aferró a su cuerpo con fuerza y él apretó hacía sí con firmeza la parte superior de su cadera. Era difícil determinar cuánto tiempo duró realmente el beso, pues la relatividad estaba en juego; aunque para Juliana, una mujer de veintitrés años a quién su novio le había engañado con su hermana de dieciséis hacía menos de dos semanas; el salir a rumbear no sosegaba la ira que le invadía, cuyo resultado se manifestaba en una expresión de desprecio y fastidio hacia cualquier pareja, incluyendo a aquellos enamorados de la pista de baile a quienes vio besarse por ocho minutos, a pesar que para ellos solo fueron veinte segundos.

Al liberarse de la prisión de sus labios, una gran sonrisa se dibujó en los rostros de aquellos jóvenes, llegado a este punto, Carlos bailaba sin parar y sin darse cuenta, música electrónica. Las luces y el ritmo de You're Not Alone, Persuit of Happiness y Bangarang estremecían aquel establecimiento, pero era la mente de Carlos la más perturbada, pues las luces y el sonido asimétrico de esa música jugaba con sus sentidos, donde al ver los movimientos de Andrea con ciertos tonos de luz que le iluminaban, la veía como una mujer rubia de cabello liso y ojos dorados o blanca de ojos verdes y cabello castaño oscuro ondulado, comparado con su natural cabello rizado y ojos azabache.

Pero Carlos sabía que ninguna era real, excepto la que había besado escasos minutos y se movía sensualmente tomando su cabello desde su nuca y llevándolo hacia el frente, mientras zigzagueaba su cadera haciendo uso de su asfixiante falda corta de boleros, mientras brincaba al ritmo del dubstep y el electrohouse. Él a diferencia de muchas personas sabía diferenciar de sus gustos, caprichos y deseos, pero esa noche descubrió que en la vida no existen absolutos y mucho menos sentimientos sistematizados; sencillamente supo que en el mundo nada sucede sin una razón y que ningún cambio ocurre sin ninguna utilidad.

Capítulo VI
Buenos amigos

La criatura sostenía a un hombre de extrañas ropas con su brazo mientras le olfateaba con notable interés. – Tú. – balbuceo el greylang con flemática y gruesa voz, la cual desconcertó aún más a Iadrael de su oponente, pues éstos son seres irracionales sin la capacidad del habla. Al mismo tiempo un frío descomunal recorrió su espalda al detallar con cuidado la presa que sostenía la bestia. Sus ojos se incendiaron de una ira helada, alistó su espada maltrecha y se dirigió a toda prisa contra su enemigo, una extraña cólera le invadía. Los greylangs menores se aventaron contra él, pero éste se movía a tal velocidad que sus hocicos se cerraron en el aire generando un desagradable chasquido a su paso.

Iadrael asestó con toda su fuerza y velocidad un espadazo sobre el rostro del greylang mayor, provocando la fractura de la espada que blandía en cientos de pedazos, mientras la bestia apenas había notado el golpe asestado. Las esquirlas del arma caían como un polvo brillante y el guerrero se sentía inútil al ver la inefectividad de esta. El greylang ignoró por completo a su rival, ya no le interesaba, ahora necesitaba probar a su presa.

La bestia dirigió su hocico provisto de largos dientes torcidos y filosos sobre el joven que sostenía con sus garras, pero éste se vio desviado por la acción de una potente patada propinada por Iadrael, cuyo efecto hizo que se le desprendiera un colmillo a la bestia; sin embargo, el greylang poseía destacables reflejos y, con su pata, golpeó al héroe antes de caer al suelo, apuñalándolo al mismo con sus garras y lanzándole varios metros en el aire, dejando una estela de sangre y gritos ahogados.

Ya nada se interponía entre el joven y la bestia. Una mirada llena de voracidad y carente de alma se dibujó en el escasamente antropomórfico rostro de éste. Iadrael luchaba contra la inconsciencia y el dolor, en medio de su aflicción tomó fuerzas para ver la dantesca escena próxima a ocurrir, algo dentro de él se retorció y estalló con un estruendoso grito. – ¡Carlos, despierta! – El joven abrió sus ojos como si aquel llamado lo hubiese liberado de su letargo.

Sus primeras imágenes fueron las de como un monstruo de tamaño descomunal le llevaba hacia su boca, era la primera vez que veía un ser tan grotesco y el miedo le congeló. Por un instante pensó en cerrar sus ojos y esperar que el problema acabara, pero no fue tan sencillo. Éste movió todo su cuerpo con impaciencia y sus piernas golpearon el colmillo colgante del greylang, haciendo que este girará con estridencia su cabeza. Carlos promovido por sus deseos de sobrevivir, metió sus dedos en la raíz expuesta del colmillo y con todas sus fuerzas haló de él.

El monstruo se arqueó de dolor y con sevicia apretó a Carlos con sus garras, dejando escapar un pseudo grito. Por alguna razón el greylang quería torturar, saborear y descuartizar lentamente a su presa. Acercó su hocico y olfateó a su casi inconsciente presa. Al alcanzar la mínima distancia entre ambos rostros, Carlos le clavó en su ojo izquierdo el colmillo arrancado.

La bestia lo lanzó con fuerza por los aires y usó sus manos libres para tocar su mutilado ojo y arrancarse el colmillo. Carlos cayó varios metros lejos de él y antes de tener la fuerza para incorporarse, fue cargado por Iadrael quién huyó a máxima velocidad entre los demás greylangs atónitos al ver a su líder retorcerse de dolor.

La bestia liberó un estruendoso rugido que ensordeció y afectó el equilibrio de Iadrael mientras éste huía con presteza de aquel lugar. Los demás greylangs se miraban los unos a los otros con áspera malicia, casi podía notarse la depravación en sus caras de hocicos largos y colmillos enmarañados; de repente, las criaturas rodearon a su líder mostrándole su extensa y amenazante dentadura, junto con sus cuerpos erizados haciéndolos ver más sanguinarios y agresivos. Los traicioneros seres caminaron en rededor de la bestia mayor, dibujando un camino pantanoso de espuma proveniente de sus hocicos. El greylang superior se detuvo y alejó su brazo del ojo afectado, un diminuto riachuelo de sangre derivaba del mismo y una enorme y siniestra aura asesina emergió de él.

Iadrael se movía tan rápido como podía, al mismo tiempo su potente oído podía darle una idea de lo que ocurría cientos de metros atrás y lo único que escuchaba era el crujido óseo de los cuerpos de los greylangs menores siendo aplastados, los chillidos de otros siendo descuartizados y el desagradable sonido de la carne siendo desgarrada. Éste comprendió que la bestia tardaría mucho en alcanzarlos e incluso podía dar fe a que estaría lastimada. Carlos tosía con fuerza, su tórax había sido lastimado costándole mucho trabajo respirar, desembocando constantemente en desfallecimientos prolongados; lo que preocupó a Iadrael.

Se habían alejado casi quince kilómetros del lugar de su encuentro y su acompañante se había desmayado. Mientras aún corría, el guerrero de blanco atuendo pensó en lo mucho que había esperado este momento, (150 años para ser exactos) sabía que en su hogar tenía todas las medicinas para tratarlo, pero esto no le quitaba de la mente su preocupación por su nuevo y viejo compañero; sin embargo, su rostro se veía feliz, era la felicidad que marcaba el inicio de una antigua amistad y el fin de su tan larga soledad.

Las aparentes estrellas esclarecían aquella noche bañando el suelo de un sereno color azul, la estridulación de los insectos y las hojas suicidas ambientaban el momento, mientras las sombras danzantes producidas por una fogata, alertaron a Carlos a su despertar de la presencia de alguien tras su largo descanso. Al ver su torso, notó los débiles trazos de una herida que había sido cerrada, dejando una fina y delgada cicatriz. Tras un instante de meditación recordó todo lo sucedido; aunque no recordaba mucho de cómo había llegado allí, apreció la fiereza con la que el guerrero blanco acudió a su ayuda sin conocerle.

Iadrael tenía su miraba fija en las "estrellas", el cielo se encontraba plagado de ellas, era como si alguien hubiese lanzado arena blanca al cielo y esta levitara en lo más alto. Para él, aquellas luces en el cielo eran sus únicas compañeras, sólo ellas sabían su pasado, conocían su dolor y sonreían a su nombre. Los pasos de Carlos le obligaron a desviar su mirada.

- Gracias por... - Su voz se entrecortó al ver a su salvador pues no era un hombre común, sus facciones eran delicadas, su sonrisa denotaba una gran tranquilidad y sus ojos cargaban una gran tristeza, pero sus rasgos más prominentes, eran sus níveos cabellos y sus puntiagudas orejas. Éste pensó que podía ser una deformación natural de una persona, pero al recordar a la bestia que "hacía poco" había intentado matarlo, dedujo que nada de lo que sus ojos veían tenía sentido.

- De nuevo te impactan mis orejas - Dijo con una sonrisa.

- ¿De nuevo? - Preguntó él.

- ¿Cómo te sientes? Tenías una gran herida en el abdomen, cuatro costillas rotas, un pulmón perforado y estuviste inconsciente cuatro días. Fue complejo salvarte. -

- ¿Discúlpeme, pero a que se refiere con "de nuevo"?

- Hay mejores preguntas ¿no crees? -

- ¿Quién y qué eres? - Dijo dando un paso hacia atrás y empuñando sus manos.

- Mi nombre es Iadrael, hijo del Pilar del Este y la Cazadora de Dragones, último guerrero Muadjai y único sobreviviente de los elfos del mediodía, además soy tu único aliado. - Respondió con firmeza y elocuencia.

- ¿Eres un elfo? Genial nunca había alucinado con uno de ellos, debo estar súper drogo - Dijo en un soliloquio.

- ¿Cómo te llamas? - preguntó como si no supiese su nombre.

- Carlos Yazir... No, dejémoslo en Carlos, dudo que en este mundo exista otro Carlos así que veamos el lado positivo. -

- Ya había escuchado ese nombre - Dijo él con el único deseo de molestarlo.

- ¿Qué? Maldita sea mi desgracia, hasta en Rivendell se conoce mi nombre. -

- Estamos en Mihrael muy cerca del árbol sagrado de Doa, no en Rivendell, esa ciudad sólo existe en tu imaginación. - Respondió indignado el elfo.

- ¡Muy bien! ¿Me estás diciendo que no estoy soñando, que esto es real? ¿Qué hace pocas horas un monstruo intentó matarme y tú me salvaste? ¿Qué no estoy loco y que eres mi amigo? ¿Además sabes qué es Rivendell? - Dijo mientras movía sus brazos a su alrededor con fuerza y se acercaba más hacia él mirándolo fijamente.

- Precisamente. - Respondió con naturalidad.

Carlos gritó de impaciencia y se sentó rascando su cabeza con sus manos mientras observaba el suelo.

- No te preocupes, tenemos una semana para que pueda encontrarnos, tienes suficiente tiempo para afrontar la realidad y, de paso, entrenar para que no seamos asesinados por la bestia que dejaste tuerta. - Reflexionó mirando al cielo y sonriendo.

- ¿Qué? ¿No lo mataste? - Gritó de nuevo.

- No era posible matarlo, rompí mi única claymore contra él, estoy totalmente desarmado. Además, él no vendrá por mí, pues no fui yo quién le hirió; aunque no puedo decir lo mismo para ti. Dejarlo tuerto realmente lo enfureció. -

- ¿Y cómo esperas que pueda matarlo? ¿Con groserías? ¿Pintándole la cara con mi sangre? ¿Arañándole el esófago mientras me devora? - Dijo incrementando el tono de su voz con cada frase.

- Aura. - Dijo mirándolo fijamente mientras sonreía con confianza. - Eres un Materializador, estoy seguro de que puedes hacer un arma lo suficientemente filosa como para cortarlo. -

- ¿Aura? - Preguntó con interés, desconcierto y voz baja.

- Todas las cosas emanan una energía proveniente de su alma en caso de los seres vivos y su espíritu en los entes naturales. Nosotros podemos moldear esta energía de acuerdo con nuestra voluntad y talento natural, algunos pueden generar cosas que vemos en el mundo y otros pueden crear algo inimaginable. - Mientras hablaba abrió su mano y de ella emergió un pequeño tornado de vientos verdes, Carlos se sorprendió y cayó hacia atrás. - No conozco mucho del manejo del aura, pero sé que tienes el potencial de crear maravillas con lo poco que conozco. - Reconoció amablemente el elfo.

- ¿Y crees que de verdad puedo hacer eso, es decir, crear tornados y... no sé, otras cosas? - Respondió con su voz acelerada.

- Sí, pero primero debes aprender lo básico y para eso, deberás sentarte y permanecer lo más quieto posible, así podrás sentir el aura que sale de las plantas en donde estás sentado y de todas las cosas que te rodean. - Seguido a esto, el elfo movió su mano rápidamente en el suelo. - Con un poco de aura en mi mano escribí una palabra en frente tuyo, cuando puedas leer lo que escribí, pasaremos a la siguiente prueba.

Carlos permaneció quieto por unos segundos, pero su concentración no bastó para ocultar lo que sentía. Varias gotas emergieron de sus ojos precipitándose hacia el suelo. Iadrael lo observó, recordó y entendió, callar fue su mejor estrategia ante esta situación.

- ¿Por qué estoy aquí? yo sólo quería por fin descansar, estoy cansado, estoy solo, ya no tengo fuerzas ni ánimos u objetivos, todo lo que tenía se fue con ella. Ella era mi día y mi noche, mi camino y mi meta. Yo sólo quiero estar con ella, sin importar a donde tuviera que ir para encontrarla, tengo que ir hacia atrás y verla de nuevo, sin importar que deba renunciar a mi cordura o mi vida, prefiero la muerte o la locura que otro día más sin ella, mi felicidad es ella. ¡Ella, solamente ella! - Dijo mientras con sus puños se limpiaba las lágrimas y trataba de vez en cuando recuperar el aliento para terminar cada frase con voz ronca.

- (...) Carlos, sabes que no puedes hacer nada para ver de nuevo a Andrea, sólo puedes seguir adelante y sonreír como siempre lo has hecho para honrarla, debes demostrar tu fortaleza ante ella, llorar no la traerá de regreso y mucho menos tu muerte. Sé lo que es perderlo todo, pero tú no estás solo y no careces de objetivos, ya te lo dije, soy tu único aliado. Deja de llorar por lo que has perdido y lucha por proteger lo que aún conservas. - Dijo mientras fijaba su miraba en el fosilizado árbol de Doa y prestaba atención a las manchas provocadas por el fuego en las edificaciones destruidas.

Carlos le miró perplejo, sus lágrimas aún emergían, pero su confusión le hacía ignorar su estado.

- Iadrael, ¿quién eres? -
- Soy tu aliado, no necesitas saber nada más. -
- Ella era todo para mí, la amaba... ¿cómo sabes de ella? -
- ¿Qué clase de amigo no conoce el pasado de su compañero? -
- Tienes secretos que no deseas revelar, sé que me conoces, también que tienes razones para no hablar de eso, pero ahora no puedo pensar en nada más, me duele mucho mi corazón y, aunque sé que debo seguir adelante, no puedo; mis piernas me pesan y peor aún, no deseo moverme, sólo quiero dejar de existir. Quiero que me entiendas, yo no quiero nada más, déjame ser egoísta y hacer de mi vida lo que me plazca, sólo quiero morir. - Dijo mientras tumbado en el suelo le dirigía una mirada llena de frustración y tristeza agarrando firmemente el pasto con sus manos.

Iadrael le miró por unos segundos, sonrió y le dijo con ternura: - Esta bien, si es eso lo que deseas, entonces lo haré, viejo amigo. - Dio unos pasos hacia él y templó su mano con todas fuerzas, el aire a su alrededor se agitó con violencia, su presencia llena de luz y tranquilidad se tornó oscura y siniestra. La sed de sangre se hizo evidente, todos los seres vivos a una corta distancia del elfo dejaron de emitir sonidos, de respirar y de moverse. La muerte estaba presente.

Carlos permaneció inmóvil ante tan arrolladora presencia, la cual le impulsaba a gritar y huir, pero su cuerpo se lo impedía. Sus deseos suicidas desaparecieron por completo; hacía unos segundos solo pensaba en la muerte, en el fin de su vida, en el descanso eterno, pero al sentir la muerte tan próxima, lo invadió el amor a la vida, el deseo de conocer otra mañana y tal vez un mejor final para su existencia.

La desgracia ejerce un efecto tan renovador como la bendición, pues esta nos arrebata todo aquello que amamos y hemos dedicado toda nuestra vida por conseguir, sólo para mostrarnos que no se necesita de nada, ni de nadie para ser feliz.

Carlos estuvo a punto de desmayarse de miedo, pero cuando su alma estaba a punto de fracturarse por la presión áurica de la presencia de Iadrael, éste se detuvo. Los sonidos del bosque lentamente regresaron y la vida surgió de nuevo. - Veo que cambiaste de opinión - Dijo con una antagónica sonrisa después de intentar matarlo.
El gélido sudor de Carlos se derramaba por su frente y le enmudeció por segundos.

   - ¡Eres un monstruo! -
   - Sí, pero era la única forma de convencerte. -
   - La psicología no es tu fuerte, ¿cierto? -
   - ¿Psico-qué, de qué hablas? -
   - Olvídalo, jamás te contaré mis problemas de nuevo. Eres demasiado literal, un pésimo apoyo y un psicópata. -
   - Lo importante es que ahora te encuentras con mejor ánimo. - Sonrió.
   - Eres un cerdo. - Miró hacia el suelo para esconder su sonrisa y le dio la espalda a Iadrael.

Carlos se tumbó en el suelo y vio el infinito mar de estrellas. Se percató que había sendas constelaciones que él conocía, indicando que de alguna forma en donde él se encontraba era la Tierra.

Éste guardó su reflexión para sí mismo y con un suspiro le comunicó a Iadrael que cuando alguien se siente miserable, suplica que los demás entiendan su miseria y caigan a su mismo nivel. Los elfos del mediodía y las personas eran diferentes en muchas cualidades, no sólo en las físicas. Iadrael comprendió que el ser humano es caprichoso y egoísta, pero, sobre todo, que anhela ser entendido sin importar a que extremo se deba llegar para que lo comprendan.

Nuestro joven amigo se sentó por un momento y permaneció inmóvil, no sólo de cuerpo sino de mente; las preocupaciones, miedos y frustraciones quedaron atrás desde lo anteriormente sucedido, se podría decir que había madurado en esos pocos segundos, una de las habilidades más enigmáticas y aterradoras de Carlos sin lugar a duda; ahora todo era claro. Su amor por Andrea conocía niveles tan incalculables, que el sólo hecho de haberla perdido para siempre, le dejó un espacio infinito para aprender, conocer y amar algo nuevo.

Iadrael disfrutaba observando su quietud y aprovechó para viajar a su pasado y recordar a todos los seres que amó y perdió en un solo día. Sus lágrimas siempre brotaban cuando miraba al cielo, pues ese era el pasatiempo favorito de su hermana. – Valentía, en el suelo está escrito "valentía" con letras azules brillantes. – dijo Carlos triunfante. Iadrael dio un salto de la emoción. – Excelente, ya puedes ver el aura en el mundo, es hora de pasar a algo más complejo. – Lo que necesitaba Carlos era distraerse un poco, pero lo que imploraba era la compañía de un amigo e Iadrael necesitaba exactamente lo mismo. Y con las estrellas como testigos, practicaron toda la noche.

Capítulo VII
Dos almas

Siento que será difícil cumplir la promesa que te hice viejo amigo, pero no te fallaré. La prepararé para lo que está por venir. - Pensó Dominus mientras subía las escaleras con parsimonia hacia donde estaba Elizabeth. - Esta vez no permitiré que "Él" les ponga un solo dedo encima. - Dijo empuñando con fuerza su mano haciendo crujir sus huesos. - No esta vez. - . Sentenció.

Elizabeth mientras tanto, estaba ensimismada en su búsqueda del "*santo grial*". Tal era la concentración otorgada a sus excentricidades, que rara vez percibía lo que ocurría a su alrededor, como en este caso los gritos de Sally.

Dominus la observó, se tranquilizó, sonrió mientras movía la cabeza levemente y se dirigió hacia la rubia.

- ¿Así que aún no te has decidido? - Expresó con mordaz jocosidad, la cual fue totalmente ignorada por ella. Dominus se sintió inquieto, pues parecía no tener ningún poder sobre ella, a pesar de aparentar ser tan manipulable.

Aquel anciano no pudo llegar a una mejor conclusión; cuando Elizabeth estaba realizando su maestría en celdas de hidrógeno en la universidad, era constantemente perseguida por una caravana de ingenieros que le admiraban... en realidad, "admirar" no era precisamente la palabra que describía lo que éstos sentían por ella, pero suena un poco mejor. Estos jóvenes habían creado páginas en Facebook, Twitter y en cuanta red social existiera en su honor. No obstante, Elizabeth jamás prestó atención alguna a esto, incluso cuando veía pancartas con su rostro y nombre, pensaba que eran publicidad de su puesto de representante estudiantil. A tal punto era su desconocimiento sobre estos eventos, que en una ocasión le mencionó a Sally con cierto tono de tristeza, que le gustaría ser popular con los chicos y no una figura política.

- ¿Así que estas son tus tan esperadas vacaciones de verano, maese Eli? -

- Sí, esperé todo el semestre por ir a un lugar exótico. Santiago siempre me habla emocionado de su viaje a Argentina. - Suspiró. - Lo lindo que era ese país. Pero después de la formación del Imperio y lo que sucedió hace doce años... toda América se hundió en el océano, así que jamás conoceré ese lugar. - Asintió con tristeza y calló unos segundos. El anciano la miraba con decisión.

- El Imperio prohíbe hablar de eso aquí. -

- Aquí y en cualquier lugar, no entiendo cómo podemos estar tan tranquilos, no hay nadie que se les oponga. -

- Tal vez no que usted conozca, mi señora. - Le miró con frialdad.

- ¿Crees que algún día sepamos qué quieren? -

- Cuando llegaron hace 12 años, destruyeron a todo aquel que se les opusiera y no demandaron nada, ni en ese momento, ni ahora. Parece que sólo esperan. - dijo mientras acariciaba su frondosa barba blanca.

- Abuelo, tú... ¿te opusiste a ellos, es decir, estuviste allí? - Tartamudeo, escondiendo la mirada.

- Esa información es peligrosa, maese Eli... ¿qué tanto quieres saber? - dijo caminando a su alrededor con sus manos en la espalda.

- Todo. Quiero saber todo lo que sepas. - dijo con tenacidad.

- Entonces deberás hacer algo por mí. -

- No haré nada sexual. - Le interrumpió con arrogancia.

- ¡En qué rayos piensas niñita insolente! - dijo enfurecido y colorado. Eli simplemente hecho a reír.

- Pensé que querías un vestido de baño, no interrogarme. ¿Qué pasó con eso? - Ella titubeó.

- En mi tienda tengo algo que te encantaría usar incluso toda esta temporada. - Las manos de ella empezaron a sudarle.

- Si quieres saber más, tendrás que elegir entre seguirme o tomar una prenda. - Dicho esto, comenzó a caminar a un ritmo muy difícil de seguir. El anciano se movía muy rápido y la blonda apenas podía seguir su paso.

El hombre reía a sus adentros mientras pensaba en lo difícil que era para una niña esclava del esnobismo, caminar por toda esa ropa creada específicamente para que no la pudiese resistir. - No puedo darle esa información aún, necesito a las dos reunidas para poder proceder. Sally, despierta pronto. - Pensaba caminando cada vez más lento para sugestionar aún más a Eli de probarse algo.

Mi papá nunca fue alguien muy brillante o tal vez nunca quiso dejarse ver como tal; sin embargo, siempre daba lo mejor de sí mismo cuando se enfrentaba a algún problema. Esto lo llevo a no enfurecerse por no alcanzar lo que se había propuesto, sino porque sentía que no había hecho su mejor esfuerzo. Recuerdo una noche en especial durante la cena, cuando nos disponíamos a comer el delicioso spaghetti napolitano que cocinaba mi padre y la ensalada de verduras con jugo de limón y aderezo que preparaba mi mamá, la cual generaba un escalofrío profundo en la espalda de papá, ya que no le gustaban las verduras, pero aun así las comía para ver en el rostro de su amada, aquella sonrisa que opacaba cualquier eclipse lunar.

Mi mamá era la mujer más hermosa que jamás haya visto, incluso mis amigas se sentían amenazadas por su belleza y trataban de observarla e imitarla cada vez que hacía una pijamada en mi habitación. Incluso mis profesores buscaban algún motivo, ya fuese de castigo como de premiación, para tener la posibilidad de ver su cabello rizado de brillante color cobre, delicado rostro y macizo cuerpo, cuyos atributos reunidos la hacían una mujer envidiable para nosotras y para ellos... una mujer inalcanzable. Papá lo sabía, por eso adoptó la infalible estrategia de enamorarla todos los días, cada segundo.

Pero lo que más amé de ella siempre fueron sus ojos, esos hermosos ojos que penetraban hasta lo más profundo de tu alma, junto a ese precioso color... ese indescriptible color. Esa noche como en todas las demás, era la hora de las anécdotas, ella siempre reía de las historias de mi papá, mas no por graciosas, ella ya las había escuchado innumerable cantidad de veces, sino porque al igual que a él, le fascinaba dibujarle una sonrisa en medio de su corta, pero áspera barba y sus bien definidos labios color salmón. Nunca he vuelto a ver una relación tan estrecha como la de ellos dos, ya que eran amigos y a su vez esposos; compañeros, pero también hermanos; enemigos y también amantes. Cuando tenía ocho años y los vi sonreír, lo supe... supe que la vida se trata de eso, de encontrar tu sonrisa gemela.

Sally despertó y vio a su alrededor una extensa biblioteca con libros en el suelo sin ninguna clasificación aparente, su cuerpo estaba sudado al igual que su improvisada almohada, se llevó la mano a su frente y meditó: – Hacía mucho que no soñaba con ellos... papá, mamá... ¿dónde están? – Sus lágrimas purificaron el suelo. Tardó un rato en componerse, sus padres eran un tema muy delicado para ella. Al observar algunos libros en el estante notó que uno de ellos brillaba con un azul muy suave. Al principio atribuyó este hecho a sus ojos húmedos, pero al observar con atención, éste en realidad brillaba.

Sally se acercó y las tablas del suelo rechinaron, cuidó que sus pasos no sonaran de nuevo acercándose con lentitud y mirando hacia todas direcciones. Al estar frente a él, la indecisión la tomó de la mano, jamás había visto un libro brillar, exceptuando al regalo de Eli en su cumpleaños; una versión con leds del *Kamasutra* con sonidos orgásmicos femeninos al pasar de página, acompañado con una que otra blasfemia.

Este recuerdo la hizo reír y eliminó su incertidumbre. Al tomar el libro, su brillo desapareció, pero eso no pareció importarle mucho. Lo abrió y descubrió que no tenía nada escrito, eran hojas en blanco. Se quedó mirando las hojas por varios segundos, nada pasó. Lo orientó hacia la luz buscando marcas de agua, nada vio. Lo examinó de todas las formas posibles en que la imaginación humana podría escrutar un objeto y nada halló.

Sally era una mujer muy competitiva (incluso consigo misma), sabía que el brillo de ese libro debía poseer un significado al igual que sus páginas vírgenes; más al no hallar una solución al problema en cuestión, se exasperó y pasó las páginas lo más rápido que sus delicadas manos le permitían, haciendo brotar de su índice una pulcra gota de sangre, manchando varias páginas con un solo toque.

Como acto reflejo llevó su dedo a la boca para detener el sangrado dejando caer el libro con brusquedad; en el suelo, las blancas hojas manchadas con sangre quedaron abiertas y lentamente ésta fue desapareciendo. Sally no podía creer lo que veía, el libro bebía de su sangre. Tardó un segundo en asimilar lo que estaba viendo; se calmó, analizó y presionó de nuevo su herida, las gotas caían una y otra vez sobre las páginas desvaneciéndose con celeridad. De la nada, letras emergieron formando palabras, oraciones y párrafos.

Ni en sus más íntimos sueños, Elizabeth habría imaginado estar tan cerca de tan ensoñadas piezas. Sus ojos se dilataban sólo con ver que cada uno era más hermoso que el anterior. Dominus la miraba de reojo y caminaba cada vez más y más lento. La blonda no resistió más y tomó uno de los juegos de bikini más sensuales, discretos y encantadores alguna vez visto.

Dominus le miraba con la atención y complicidad de un gato que ha acorralado a un ratón. Eli palpaba el vestido vigorosamente con sus dedos tratando de confirmar si la tela era tan agradable al tacto como a la vista; sin embargo, la tela que tocaba no correspondía a la textura aparentada, incluso se sentía tosca y burda. Dejó caer la prenda y llevó sus palmas abiertas hacia su pecho, giró su rostro buscando otra prenda e inició el anterior ritual sólo para obtener el mismo resultado. Había algo que molestaba a Eli desde que llegó a dicha ciudad y era la calidad de sus telas, sentía que todas eran de mala calidad, lo meditó por un momento y halló que literalmente todas las telas que había tocado no sólo eran de mala calidad, sus texturas eran exactamente iguales al tocarlas.
El anciano se alegró de ver como Eli sin la ayuda de nadie, había descubierto su más grande secreto. Estaba preparada. Era la hora de probar si era la hija de Santiago.
La blonda dio un paso hacia atrás al ver como todos los bikinis y otras ropas, brillaban de un azul celeste y se desintegraban en diminutas partículas de luz del mismo color. Dominus ya no caminaba como un anciano encorvado y demacrado, lo hacía erguido, con garbo y la mirada fija en Eli acompañada de una sonrisa de medio lado.

- ¿Qué está sucediendo? -
- Ya no hay necesidad de seguir ocultando lo que tú ya sabes. Puedo responder sólo a tres preguntas. Tu mente está preparada para la verdad. - Eli se asustó un poco, pero por alguna razón no se preocupó mucho por ello.
- ¿Qué sucedió hace doce años? - Dijo con tanta rapidez que Dominus tuvo que permanecer en silencio por unos segundos para tratar de reconstruir la oración en su cabeza y no tener que preguntarle de nuevo a la excitada jovencita.
- Como bien sabes, todo empezó el 22 de agosto del 2032 cuando ustedes dos tenían doce años. Todos vivíamos en la cotidianidad de la vida, es decir; con nacimientos, bodas, fiestas, guerras, muerte, complots y demás cosas que; aunque quisiéramos que no sucedieran,

siempre pasarían. Ese día, los padres de Sally decidieron hacer una reunión porque querían conmemorar sus once años de casados. Yo estaba muy feliz de verlos a ambos tan enamorados y perdidos en sí mismos. Hasta tu padre que se podría decir es un hombre un poco plano sentimentalmente, lo observé dejando escapar una pequeña lágrima de sus ojos. -

- Fue entonces cuando lo vimos. Uno de Ellos nos había encontrado. El cielo se tornó de un desagradable rojo como la sangre y de él emanaron cientos de ojos gigantescos, tu padre te tomó y huyeron al igual que los de Sally, yo no pude moverme, uno de esos ojos me atrapó con su mirada y escrudiñó en mi alma hasta hallar lo que buscaba. -

Dominus permanecía cabizbajo mientras contaba la historia, a veces detenía el relato y otras, se aceleraba mucho mientras empuñada con fuerza sus manos. - Buscaba a la madre de Sally... de las sombras salían pequeñas manos negras y delgadas que atrapaban todo lo vivo a su paso, era un caos. Los pájaros graznaban sin cesar, los perros corrían enloquecidos en todas direcciones para ser atrapados varios metros después por los centenares de brazos, al igual que otros animales y personas. Sin embargo, esas manos no podían acercarse a mí en un radio de varios metros, sólo permanecían inmóviles. De repente, el cielo delante de mí se abrió y un "ángel" cayó. Caminó lentamente hacia mí. Los brazos hicieron una especie de tapete por el que él se desplazó. Estaba a punto de tocarme, pero la madre de Sally intervino y pude reaccionar. Al menos mi cuerpo lo hizo, mi alma siguió pasmada en ese lugar por mucho tiempo.

- Recobré mi movimiento y escapé de allí a toda velocidad, atrás sonaban incontables explosiones, pero yo ya no era útil en ese combate. Lo que cayó del cielo ese día, llegó de un lugar más allá de nuestra imaginación, no era un hombre, ni un ángel, no era nada conocido, era literalmente lo inimaginable. Uno de los Trece había descendido. Desde ese momento la humanidad se doblegó, el mundo tuvo un nuevo gobernante y el Imperio nació. -

- ¿A qué se refiere con uno de los Trece? - musitó parsimoniosamente. Dominus se llevó las manos a su frente y acarició su extensa barba mientras fijaba su mirada en el suelo. - Maese Eli, este mundo es una mentira, una que ahora los Trece manipulan. Ellos son trece seres inimaginablemente poderosos, prácticamente inmortales, están en la cima del poder. Son los engranajes del otro plano... Juntos se adjudicaron el deber de jueces, jurados y verdugos. Nosotros no somos nada comparado con ellos, en términos simples, son lo que ustedes llamarían: deidades. - Dijo hablando *in crescendo*. - Eli, piensa bien tu última pregunta, aún no sabes lo que necesitas saber y sólo puedo responder a tres preguntas tuyas, sin que "ellos" nos escuchen. -

- ¿Por qué estamos aquí? - La frase estalló de su boca como una granada ante los oídos de Dominus, era la única pregunta valiosa y el tiempo se agotaba a su alrededor. Él la tomó de las manos y de su túnica sacó un libro.

- Esta es la razón por la que estás aquí y yo he permanecido fiel a mi tan preciado amigo... - El anciano suspiró. - Aún tenemos tiempo, les enseñaré lo más básico del (...) - La mirada de Dominus se dirigió hacia la nada, dio un paso hacia atrás, permaneció estupefacto unos segundos, su frente se perló de sudor. Tras un momento recobró su galantería y miró fraternalmente a Elizabeth, se deshizo de su intranquilidad y con su mano señaló el lugar donde se encontraba Sally.

- Maese Eli, por favor ayude a maese Sally y llévela por el pasaje oculto detrás de la tercera biblioteca a la diagonal izquierda. Vayan lo más rápido posible, pase lo que pase, no regresen. - Eli le obedeció y bajó rápidamente por las escaleras, no sin antes ver a Dominus y a su expresión fría y agresiva, con sus manos empuñadas, su espalda recta y su voluntad enardecida dirigida contra una pared al otro lado del salón.

Sally no podía creer lo que leía, sus lágrimas corrían por sus mejillas, mientras cubría su boca con sus manos.

- Han pasado siete años de haber concluido la batalla de las trece estrellas fugaces, la paz ha tocado nuestras puertas y he decidido compartir mi vida con ella, la mujer de mis sueños jamás soñados.

Una mujer tan increíble que, de ser esto un sueño, he decidido no despertar jamás. Juntos hemos dado a luz a la estrella más brillante del firmamento, le supliqué a ella el hecho de llamarla Sally (para mí significa mucho ese nombre), finalmente accedió. Jamás me había sentido tan vivo.

- A veces entreno con Santiago, Adolf y Ferdinand. Cada día son más fuertes, lo cual me llena de vigor, porque debo entrenar más y más para llegar a un nivel superior, siempre los protegeré, son parte de mi familia. Todos extrañamos los días de combate, luego vemos nuestras cicatrices y se nos pasa. Con unas buenas cervezas acompañamos la narración de nuestras hazañas, mientras observamos a nuestras esposas y nuestras hijas. Es increíble que todas hayan nacido mujeres. Ferdinand deseaba tener un hijo a quién pudiese enseñarle sus artes marciales, a veces puede ser un tonto. En cambio, yo soy el hombre más feliz porque tengo a las mujeres más hermosas del planeta y ellas me aman con todo su corazón.

Sally pasaba página por página y su llanto de alegría no cesaba, por fin sabía algo de su padre después de tantos años. No obstante, el libro empezó a contarle más de lo que ella podría imaginar.

- No sé cómo describirlo, pero mi diosa de ojos multicolor cree que Ellos aún están vivos y nos están buscando. Yo le digo que es imposible, no existe un puente entre ese plano y éste, ella me dice que sí lo hay. Siento que nos distanciamos, ella tiene ansiedad y yo desasosiego. Sally llega al rescate con su hermosa sonrisa y recordamos la razón de nuestra lucha, nos tomamos de las manos y decimos al unísono "eres mío y no te perderé".

Varias páginas más adelante:
- Dominus lo ha confirmado, Él aún vive. Nos reunimos todos en mi casa y trazamos un plan en caso de su llegada.
- Nadie hacía contacto visual, ella y yo entendimos su preocupación: lo estaban por nosotros. Santiago dijo que se haría cargo de Sally en el peor de los casos, pues Eli y Sally son como hermanas. Me sentí muy aliviado por eso, no imagino un mundo sin ella, es la luz de mi vida.

- Jamás creí que empuñaría esta espada de nuevo, se siente más ligera de lo habitual, tal vez ella también se ha preparado para la batalla. -

- Han pasado dos meses y aún no ha sucedido nada. Sin embargo, el entrenamiento ha sido duro, incluso ella se ha preparado también, debo admitir que me causa curiosidad su entrenamiento. Ella es realmente fuerte, sé que lo hace por devoción a nuestra hija.

Sally leía detenidamente y analizaba cada palabra, ya no sollozaba. Una fuerte convicción a encontrar respuestas le calmó. Sabía que su padre había escrito ese diario por alguna razón y ella debía encontrar el porqué.

Hoja tras hoja, Sally leía buscando algo relacionado con la identidad de qué o quién huían y por qué al parecer los únicos en peligro eran sus padres. Unas pisadas sonaron con fuerza sobre las escaleras, la lectora miró con afán hacia este punto, descubriendo a la blonda con un gran libro en sus manos.

- ¡Sally, debemos irnos ya! - Con prisa se dirigió al pasaje oculto detrás de la tercera biblioteca a la diagonal izquierda. - ¡Sally, vamos! - Reiteró su orden.

La hermosa mujer de cabello cobrizo se puso de pie. - Eli, Dominus podría saber dónde están papá y mamá. Quiero hablar con él. - dijo con valentía y ternura. Eli, sabía que era cierto, pero por alguna inexplicable razón, ella también lo sentía. Sentía algo maligno acercarse, su piel llevaba varios minutos erizada y tenía una horrible sensación en su pecho.

- Vámonos Sally, Dominus quiere protegernos y por eso nos pidió que huyéramos, confío en él. Quizás este libro tenga lo que estás buscando, él dijo que ésta era la razón por la que vinimos en primer lugar aquí. -

- ¿A qué te refieres? Tú escogiste el lugar. - Interrumpió Sally.

- No, yo recibí una carta que decía: "hallarás lo que buscas en la aldea de los sacos blancos" No te rías, pero pensé que era alguna broma de un amigo y por eso vine. Pero había algo más, siento que hay algo más, por eso te suplico como tu hermana que me sigas y confíes en mí. – Sally no pudo refutar su argumento ni sus sentimientos y tomadas de las manos cruzaron juntas el pasaje secreto.

Un hombre de túnica negra raída y con una máscara blanca como la nube más pura se paró frente al comercio de los sacos blancos. Unos segundos antes, la trifulca habitual ocupaba el pasaje, pero tras la llegada del personaje desconocido, un silencio sepulcral se tomó el lugar.

De sus túnicas blancas cada persona en dicho pasaje sacó un arma diferente; espadas, abanicos metálicos, dagas, hoces, entre otras. Todos miraron de nuevo al suelo y empezaron a caminar como títeres con movimientos trémulos, despidiendo sed de sangre.

El hombre levantó su rostro enmascarado y de su harapienta vestimenta, extrajo una catana negra aserrada de más de dos metros. – Te encontré... Dominus. – Susurró seseando el enigmático encapuchado.

Capítulo VIII
Una mujer como ninguna otra

En la cama, las manos calientes de Carlos delineaban y memorizaban las finas curvas de Andrea, palpando cada rincón de su cuerpo y cada centímetro de su deseo. Ella se retorcía de un lado a otro, mientras le aprisionaba con fuerza la camisa y arañaba ligera, pero dolorosamente su espalda. Éste acariciaba con lentitud el revés de sus piernas con suavidad e intensificando la presión de sus dedos con su piel a medida que estos se infiltraban debajo de su falda, hasta agarrar con fuerza sus suaves y atléticos glúteos.

Andrea llevó su pierna a la pelvis de él para sentir su virilidad y presionarla con fuerza mientras daban vueltas en su cama besándose sin parar. Ambos empezaban a llenarse de perlas de sudor en toda su piel al llevar sus ígneos cuerpos el uno contra el otro. Ella sentía un sin número de pulsaciones ardientes en el abdomen, mientras su boca y otra región de su cuerpo se humedecía.

Carlos haló con fuerza su blusa y la lanzó al otro lado de su habitación, sus pechos erectos ligeramente erizados, habían quedado al descubierto. Los ojos de Andrea se clavaron en los de él, se miraron por unos instantes. Ella concentraba su vista en cada ojo de él por unas fracciones de segundo, moviéndolos de izquierda a derecha y viceversa. Él la miraba fijamente sólo a su ojo izquierdo.

Al bajar el joven su mirada en dirección a sus delirantes pechos, la excitación lo dominó; llevó sus labios hacia cada uno de ellos, lamiendo la región descubierta de su sostén, mientras una de sus manos rasguñaba sus glúteos y la otra lentamente liberaba su sostén.

Andrea se encontraba ocupada besando el cuello y lamiendo intermitente la oreja de su compañero, lo cual lo excitaba tanto, que sus manos temblaban y perdían agilidad, tardándose mucho más en desprender su ropa interior. Sus manos agarraban los muslos de él buscando su entrepierna para apretarla con todas sus fuerzas, desembocar toda su energía arañando con fuerza los pectorales y el abdomen de Carlos, descosiendo sendos botones a su paso.

Las manos de él agarraban su cintura con fuerza, perdiéndose lentamente sobre las nalgas de ella, permitiendo sentir el calor de sus manos y la extática textura y forma de sus cacheteros con encaje. Ambos estaban muy excitados, pronto la habitación de Carlos estaba siendo inundada de la respiración entrecortada y los movimientos sistemáticos y sinusoidales del sexo.

Andrea se subió con brusquedad sobre Carlos y haló su corbata para traerlo hasta ella y besarlo con fuerza mientras mordía su labio. Él aprovechó la altura para deshacerse de la falda de ella, sacándola con el mismo ímpetu que con su blusa. Ella terminó de rasgar su camisa y la lanzó fuera de su tacto. Sus cuerpos se juntaron y un sádico abrazo se dio entre ambos, mientras él presionaba con fuerza sus dedos en su espalda y ella arañaba su pecho descubierto.

Con agilidad Carlos la sometió debajo de él, fregando su miembro contra su clítoris. Ella le mordió con fuerza sus labios y le empujó contra la pared. Rodeo sus piernas sobre la cintura de él lanzándolo bajo su cuerpo a símil de una llave de artes marciales brasileñas. Por un momento maldijo con furia el cinturón de él, pues era de difícil apertura. Cuando consiguió abrirlo, él se abalanzó contra sus senos descubiertos y lamió con fuerza la parte inferior de ellos, mientras sus manos la levantaban unos centímetros tomándola de su cintura.

Andrea llevó su cabeza hacia atrás y un gemido corto, pero potente nació de su boca, por unas fracciones de segundo pareció dominada, aprisionada, dócil. Era el ojo de la tormenta. Con delicadeza tomó el rostro de Carlos y lo direccionó hacia el suyo. Bajó su cabeza intencionalmente lenta y lo miró directamente a los ojos. Abrió ligeramente su boca dejando salir una corta, pero apresurada respiración. En sus ojos se leían: estoy lista.

Andrea removió el pantalón de él mientras le besaba con pasión, haciendo pausas por las ligeras aladas de cabello propinadas por él, excitándola aún más.

Carlos llevó su mano rápidamente al nochero al lado de su cama, extrayendo un sobre metálico azul oscuro. La respiración de ambos se detuvo, al igual que la faena. Ambos se protegieron.

Ella se lanzó sobre su cuerpo llevando sus piernas alrededor de su cintura, por un momento, todo fue delicado, sutil y amoroso; las manos de Carlos dibujaron la silueta prohibida de Andrea, su magnífica cintura angosta, sus tersos senos, su abdomen plano y sus exquisitas nalgas, ahora formaban parte de la memoria sensitiva de él. Mas no era sólo el tacto, era su olor, una indescriptible esencia más allá de las palabras y su sabor sin igual.

El cuerpo de Andrea descendía lentamente sobre la pelvis de él, el interior de ella se acoplaba paulatinamente a su miembro. Su expresión era fantástica; doblaba su cuello ligeramente hacia los lados, mantenía sus ojos cerrados, mientras mordía sus labios y evitaba al máximo el producir algún sonido orgásmico.

Carlos se encontraba hipnotizado con el juego de sombras producidas por la luz danzante escurrida por las ventanas de su habitación, cuya fuente eran las farolas de los autos que pasaban sin premura, los cuales golpeaban el armonioso cuerpo de su compañera. Su cabello se movía unido a su pecho húmedo y caía levemente como una estalactita azabache. Una de sus manos se posaba sobre su rodilla mientras la otra jugaba extáticamente con su cabello.

Su cuerpo descendía cada vez más y con él se intensificaba sus expresiones y sus gemidos sordos. Carlos le miró con sevicia y lujuria; con delicadeza, tomó suevamente la cintura de ella moviendo sus manos con tierna lentitud, para finalmente llevarla hacia sí con violencia. Un grito con forma de "H muda" salió de su ser, la mirada de placer se tornó en una de dolor, llevó sus manos hacia los muslos de él e intento ascender, sus ojos aún permanecían cerrados y no podían saber nada de lo que su amante había planeado.

Las manos del joven buscaron las de ella, éstas se entrelazaron con fuerza y las llevó por encima de su cabeza. Andrea tardó unos segundos en disfrutarlo, se incorporó nuevamente y con su cadera dibujó ochos y eses imaginarias, controlando la profundidad a símil de una función sinusoidal. Carlos se retorcía de placer producto de los frenéticos y rápidos movimientos de ella, la cual a su vez rasguñaba con fuerza sus pectorales con el fin de lastimarlo y a su vez servirle de punto de apoyo.

Carlos levantó su cuerpo hacia ella y elevó sus rodillas para formar una "M" con sus brazos, torso y piernas; Andrea liberó un candente gemido y su respiración se detuvo abruptamente. Éste la tomo del cabello y la haló hacia atrás con una mezcla imposible de firmeza y suavidad, despejando sus senos para ser lamidos mientras la penetraba con intensidad y al ritmo de un dubstep imaginario de *Skrillex*.

Su compañero perdido en el placer, lamía con suavidad cada región de los senos de ella, trazando círculos concéntricos, con ligeros mordiscos y jugueteos de lengua en sus pezones. La tímida y suave respiración de ella, se convirtió en una versión fuerte y simétrica al son del vaivén de sus caderas.

Sus cuerpos se movían de un lado a otro sin patrón alguno, él la dominaba por segundos, luego ella se levantaba en armas y le doblegaba. Ella mordía el cuello y los hombros de su amante. Él levantaba alguna de sus piernas para aumentar la profundidad y escucharla ahogarse por un instante. Ella le montaba y movía con movimientos zigzagueantes hacia arriba y abajo, provocando el descontrol en él.

Esa noche ninguno de los dos estaba teniendo sexo o mucho menos haciendo el amor, estaban inmersos en una batalla de sensualidad donde el uno quería llevar al orgasmo al otro y quién se desvaneciera primero de tan intensa faena, sería el perdedor. Los sonidos orgásmicos de ambos llegaban a la parte exterior de su apartaestudio, desatando el alboroto entre los canes del vecindario.

Sabrán entonces entender que la pasión mutua entre Carlos y Andrea había alcanzado un punto tan álgido esa noche que, sin darse cuenta, se sincronizaron con pocos segundos de diferencia entre un orgasmo y los múltiples de la otra, olvidando por completo el objetivo de la guerra. Ambos terminaron abrazados y con la mirada perdida en los ojos del otro. Entre ellos no había pena ni arrepentimiento, era simplemente comprensión, pues por un determinado tiempo, fueron uno solo y eso los hizo sentirse especiales.

Sus cuerpos sudorosos se dirigieron a la ducha; allí Andrea le hacía reclamos jocosos e irónicos a Carlos por el poco tamaño de su vivienda y, sobre todo, de su baño. Él le miraba con su imperturbable expresión por un efímero y eterno momento, luego sonreía arrojándole agua a la cara con el vaso del lavamanos. Era una imagen pintoresca, dos jóvenes desnudos comportándose como niños inocentes en un baño, mientras se mojaban mutuamente y estallaban de la risa a las 3:00 am. Si *Benedetti* los hubiese visto, habría afirmado que así sentía el amor; era comportarse como niños con alguien en especial, mientras se vivía como adultos.

La mañana tropezó con los ojos fotosensibles de Carlos, despertándolo con el alba. A su lado, se encontraba la mujer más hermosa que había visto. Por un momento dudó que fuera real, llevó su mano a su delicada tez para retirar un cabello de su rostro y ponerlo detrás de su oreja.

Carlos se había acostado con un sin número de mujeres, pero era la primera vez que sentía algo cálido en su pecho al estar cerca a alguien. En muchos aspectos él era un verdadero genio, pero en el campo del amor, era el más ignorante de todos. Cualquiera se habría percatado que aquello, era el fulgor del amor naciente.

Y por primera vez en su vida, llevó a alguien hacia sí a través de un abrazo. Acarició por un momento su delicado y sedoso hombro y volvió a dormir.

Carlos al tener relaciones con una mujer, procuraba despertarse primero e irse del apartamento, dejando atrás una nota con una excusa y las instrucciones para cerrar la puerta. Esto lo hacía porque temía a las relaciones y él no era de los luchadores, sino de aquellos que huían. Esto lo sabía muy bien Andrea, pues ella era experta en relaciones tormentosas y sabía reconocer a un hombre fácilmente por estas características.

Debido a esta preocupación, ella también despertó con el alba, pero fingió continuar dormida. Gracias a esto, fue testigo de la ternura de Carlos, lo cual la sorprendió mucho y a la vez le alegró, pues no sólo su amante había caído enamorado de ella, ésta también. Sonrió para sus adentros y con el mismo cariño con que él la abrazó, ella se ajustó a su cuerpo y ambos volvieron a dormir.

Esa fue la noche en que dos jóvenes reunidos por la causalidad, habían caído sin remedio en la hermosa tormenta del amor. Ahora bien, podemos regresar adonde habíamos quedado antes en la historia, es decir, en el restaurante Artemisia en la Torre de Cali.

Los jóvenes amantes llevaban varias horas hablando acerca de las futilidades de la vida concernientes a problemas del primer mundo, con una que otra carcajada estrambótica de Carlos y una decena de ruborizaciones de Andrea. Durante unos segundos él permaneció en silencio inmerso en los expresivos ojos oscuros de ella, iluminados por los destellos del exterior. Esto la intimidaba demasiado, trató de lanzarle un insulto o agregarle más agua a su rostro, no obstante, se sentía incapaz de hacerlo. Nunca había visto que otra persona diferente a su padre le viera con tal afecto, era como si le dijera con los ojos que era la mujer más hermosa jamás vista. Éste interrumpió el sortilegio poniéndose de pie y acercándose a ella para finalmente darle un suave beso con una ligera mordida en su labio inferior.

Andrea permaneció petrificada mirándole con aún más vergüenza, llevó su rostro hacia el suelo y lo hurgó por varios segundos con su mirada. Carlos se sentó nuevamente y le dijo: - Eres... hermosa. - Ella giró su rostro hacia un lado evitando el contacto visual. - Soy normal (...) - Pronunció con remarcada timidez.

Al parecer Dios disfruta de dotar de una gran inseguridad y terquedad a sus más hermosas creaciones.

Carlos sabía perfectamente lo que sentía ella y eso parecía ser suficiente para él. Intentó tomar su mano, pero ella la quitó de golpe mirándole con reticencia.
Andrea había llegado a un punto en que las mujeres combaten internamente entre mostrarse interesadas o apáticas: él conocía por completo esta antigua estratagema y, por ello, la ignoró por completo. Pero una vez más, ella demostró ser diferente.

Con sus manos sudando y con el riesgo de que su voz se desquebrajara, lo miró fijamente a los ojos, tosió un poco para aclarar su convicción y dijo:
   - Quiero que vengas conmigo hoy a la fiesta de cumpleaños de mi papá. - Calló un segundo con la mirada todavía fija en la de él. - Quiero que conozcas un poco más sobre mí y mi familia. -

Este anuncio hizo retorcer al joven artista por dentro, pues jamás había visitado la familia de alguna de sus parejas, de hecho, ahora que lo pensaba detenidamente, nunca había tenido nada serio con alguna como para llamarlas "pareja". Además, odiaba conocer la familia de otras personas, esto le recordaba mucho su infancia y eso le molestaba.
Parecieron fracciones de segundo, pero dentro de su cabeza fueron milenios de discusión interna. Finalmente concluyó que ya era demasiado viejo para seguir huyendo de los problemas de la vida y pensó en que pocas veces le daba la oportunidad a algo nuevo, a lo que accedió internamente.
Andrea llevaba un sutil y delgado vestido negro con dibujos irregulares blancos muy finos, además de un saco gris tejido a crochet de grandes cuadros, con los que jugueteaba mientras esperaba la

respuesta de él. Se sentía un poco nerviosa, era la segunda vez que le veía y quería presentarles a sus padres. Luego pensó:

- No voy a presentarlo como mi novio, ¡oh, Dios no! -
- Momento... ¿Soy la novia de Carlos? - Reflexionó exaltada.
- Me encantaría acompañarte. Así podría estar más tiempo contigo y ¿por qué no? También conocer a tus padres. - Dijo él con una tranquilidad que no hacía justicia al huracán de ideas surgidas en su mente al procesar dicha pregunta.

Andrea se emocionó con su respuesta y una cálida sonrisa se dibujó en su rostro.

- Gracias, no pensé que fueras a tomarlo con tanta calma. -
- Fue una difícil decisión, no creas que no lo medité, pero hay algo en ti que me impulsa a seguir adelante... - Al terminar la frase, Andrea lo haló de su corbata y le dio un beso.

Al salir del restaurante, la mayoría fijó su mirada en ella; era una melodía andante. Los hombres sentían la absurda necesidad de decirle algo, era como si ella se hubiese transformado en un suculento trozo de carne y pasara por un callejón lleno de perros hambrientos. Andrea odiaba con toda su alma ese tipo de situaciones, ¿y quién no? pero ella no prestó atención alguna a esto, ahora estaba con él y eso, en cierta manera, llevó su atención a otro punto lejos de tan infames y patéticos seres humanos. El artista la tomó de su mano, se detuvo en medio de la jauría y le propinó un beso, a ella no le gustaban las expresiones de afecto en lugares públicos, pero comprendió el fin de Carlos. Al hacerlo, todos se decepcionaron y continuaron con sus vidas, no sin antes arrojarle una gran cantidad de insultos al joven, haciendo referencia a la forma en que nació, al trabajo de su madre y a una enfermedad venérea en particular.

Al salir del establecimiento, el mesero le sonrió y brindó una pequeña reverencia, Carlos la correspondió y en el primer piso tomaron un taxi hacia la casa de Andrea, es decir, al barrio Arboleda. Ninguno se había percatado que seguían tomados de la mano, pero ambos permanecían conscientes de cuan satisfechos se sentían.

Antes de bajar del taxi, Andrea le miró de pies a cabeza, vio que no había mucho por hacer con lo que contaba; le recogió las mangas, liberó un poco su corbata, desabotonó otro tanto su camisa y revolvió su cabello rizado para intentar darle forma. No pareció conforme con su creación, pero ya no había tiempo para más. Esto transportó al joven inmediatamente a la época en la que sus padres le vestían para leer frente a la comunidad, la Torá.

Los padres de Andrea eran bastante acaudalados, por ende, su hogar tenía todas las características de una mansión tipo Hollywood, pero con una simpleza propia de quienes han tenido que trabajar arduamente para conseguir lo que ahora poseen. Lo cual en Colombia era bastante difícil de encontrar, pues la mayoría desean ostentar sus riquezas como neonarcos a símil de *Pablo Escobar* y su zoológico personal.

La fiesta gozaba de una gran cantidad de invitados, la mayoría eran amigos, conocidos, familiares de socios o clientes de los papás de Andrea, además de los compañeros de la universidad de ella, los cuales eran bien conocidos por sus padres, pues siempre se reunían para estudiar en su casa.

Al entrar al salón principal los dos fueron víctimas de las miradas de todos, pues, al fin y al cabo, era su casa, la fiesta de su padre, y ella, la mujer más hermosa; *plus*, iba acompañada de un hombre alto, delgado, algo feo, con aspecto desaliñado, vestido como mesero, con ojeras y mirada inexpresiva. Resumiendo, eran un deleite para los cotilleos.

Cada uno de los invitados observó algo diferente en ellos; los compañeros de Andrea notaron inmediatamente que estaban tomados de la mano, sus padres se sorprendieron al ver a su hija con un hombre al cual no le estaba ejecutando una llave de jiujitsu; Andrea estaba terriblemente apenada y preocupada por la opinión de sus papás. Además, algunas mujeres reconocieron inmediatamente a Carlos y sus rostros se llenaron de vergüenza, en particular, la mujer coautora de "La Virgen de Lourdes". En general, fue incómodo para todo el mundo, excepto para este joven, mas no por desconocimiento, pues reconoció a todas y cada una de las mujeres presentes con las que se había acostado, sintió el desprecio de los compañeros de ella y la mirada inexpugnable de todo el salón. Simplemente para él las opiniones de los demás eran trivialidades.

Los primeros en acercarse fueron sus padres: Augusto y Marcela. Don Augusto Bustamente era arquitecto, el cual en la época de los ochenta en Cali inició su empresa para el diseño de diferentes edificios y casas, convirtiéndose así en el principal arquitecto de la ciudad, en el que, hasta la fecha, había diseñado cerca del 43% de las construcciones de Cali y el 15% de Colombia. La ideología de Don Augusto era ser el mejor para poder trabajar tranquilamente cuando quisiera y responder a sus deberes como padre y esposo: de esta forma pudo devengar el amor de su hija y ella adquirió el valor de la responsabilidad y el trabajo duro.

Doña Marcela Sáenz, era literata, se especializó en cuentos cortos y ganó en sendas ocasiones diversos premios de literatura. Además, era una respetada columnista de la revista Semana y mimaba en extremos a Andrea, pero a su vez, le imponía sempiternos castigos con el fin de hacerle entender que cada acción tiene una reacción.

Andrea trató de explicar rápidamente a sus papás quién era él y por qué se encontraba allí. Don Augusto y doña Marcela, prácticamente ignoraron todo lo mencionado por su hija, pues estaban completamente inmersos en su acompañante, ya que los anteriores novios de ella eran jóvenes cari mimados, los cuales se les notaba que eran incapaces de abrir la puerta de sus propias casas y tan competentes como un camaleón daltónico. Por el contrario, Carlos parecía el sobrado de un tigre y daba la sensación de independencia, trabajo duro y autorregulación que ellos tanto querían en un yerno.

Augusto era muy sincero, inoportuno e imprudente y su objetivo era claro: Carlos. Ambos se miraban directamente a los ojos, más que un mensaje de intimidad era una prueba de coraje, uno de ellos debía cortar el contacto visual. Vale la pena aclarar que dicho comportamiento no tenía osadía alguna, sino un patológico nivel de inmadurez de ambos.

El hombre de blancos cabellos observó con detenimiento cada minúsculo detalle del rostro y la postura del joven, llamándole la atención una pequeña cicatriz en su mejilla.

– Esa cicatriz (...) ¿cómo se la hizo? – dijo apuntado con el dedo a su mejilla.

– ¡Papá! ¡Augusto! – Gritaron ambas mujeres al unísono.

- Un niño me mordió la cara cuando era un bebe. - respondió con su usual inexpresividad.

- ¿Y ésta otra? - Señalando a uno de sus ojos y produciendo el mismo coro madre-hija.

- Me golpeé la cara contra una maseta mientras corría. -

Al notar la actitud indiferente, completamente despreocupada y ausente de bochorno de él, doña Marcela también decidió saciar su curiosidad.

- ¿Le gusta el porno? - Se arriesgó a preguntar con premura.

- Sólo en el que actúo. - Respondió con igual rapidez, mientras ajustaba su corbata.

- ¿Cuántas veces lo ha hecho? ¿Se ha protegido? - Arremetió con más apremio.

- ¡Mamá! - Dijo levantando la voz entre dientes y mirando hacia todos los lados, esperando que nadie estuviese escuchando su conversación. Mientras su padre lanzaba una gran carcajada.

- ¿Acaso puede usted enumerar las suyas? Y por supuesto, una vez usé un yelmo victoriano. - Respondió sonriente.

- ¡Carlos! - contraataco la joven.

- ¿Cuántas veces ha tenido relaciones con mi hija? - Preguntó doña Marcela meditándolo un segundo antes de decirlo.

- ¡Mujer! - Gritó su marido.

Andrea inmediatamente tapó la boca de Carlos y escondió sus manos al ver que planeaba dar un número con sus dedos. Al mismo tiempo, sermoneaba a su madre sobre su privacidad y don Augusto hacía lo mismo sobre su salud mental, pues ese era un dato que jamás querría conocer.

En menos de un minuto ambos parecieron encantados con Carlos, pues sus modales y forma de hablar eran refinados, también era inteligente, pero lo más llamativo era su sinceridad.
Finalmente ella pudo hablar con ellos con tranquilidad en todo lo relacionado con él; Augusto al enterarse de que él era el pintor de la nueva pieza de su colección, lo abrazó con entusiasmo y lentamente lo retiró de su esposa e hija. Ambos hablaron por sendos minutos mientras bebían vino, paulatinamente se escuchaba el estruendo de

sus risas y luego ligeros murmullos, parecía que no sólo se estimaban, sino que se complementaban. Al final de la noche se podría decir que fue una mala idea presentarlos, pues parecían uña y mugre.

Por otro lado, doña Marcela atacaba con un sinnúmero de preguntas a Andrea acerca de todos los detalles que le permitieron conocerlo a él. Ella comentó cada detalle, omitiendo, por supuesto, el hecho que tuvieron relaciones el mismo día que se conocieron.

La noche siguió avanzando y con ello el paso de la pareja entre el séquito de admiradores de esta. Ella notó como una gran cantidad de "damas" huían de su encuentro y le causó curiosidad; aunque atribuyó este hecho a su antipatía y las ignoró. Llegaron finalmente donde se hallaban los compañeros de carrera de Andrea: un grupo bastante variopinto conformado por hippies, reggaetoneros, clase media, baja, alta y algunos snobs.

Donde un snob en específico había estado en continua persecución de Andrea desde el inicio de su carrera. Este joven provenía de una familia adinerada decidida a que su hijo fuese científico, indiferente de si iba a desempeñarse laboral o investigativamente en esta o no. Pues ellos lo veían como un logro a ostentar y nada más, cuya ideología fue heredada por su primogénito Felipe Caicedo Acosta.

En cuanto aquel joven vio a la pareja, abandonó a sus padres y se dirigió a toda prisa hacia ellos. En su camino le hizo perder intencionalmente el equilibrio a uno de los meseros y se mofó de su acto. La pareja presenció este hecho y ambos se sintieron indignados.

– Andre, preséntame a tu *waiter* (...) Qué pena, quiero decir, a tu novio. –

Ésta le miró con el desprecio que sólo una mujer puede mostrar. Felipe sonrió pues su intención claramente era esa, incomodar.

– ¿Hey, y cómo se llama? ¿Al menos sabe hablar? – Dijo en tono irónico mientras sonreía. Carlos le miró un segundo con la concentración con la que se mira a un insecto y volvió a ignorarle. Esa actitud llenó de ira al presuntuoso muchacho.

– Dicen que eres pintor, ¿es cierto? – Dijo ignorando por completo a Andrea y enfocándose ahora en él.

- En efecto. -

- Debes ser pésimo, porque jamás he visto alguno de tus trabajos. - Carlos le miró por segunda vez y sonrió con perspicacia.

- Qué curioso. La señora Acosta por el contrario parece conocer muy bien mis trabajos, pues ha comprado varias de mis obras y puedo asegurarle que es entusiasta de mi... pincel. - Felipe apretó sus puños, sus dientes rechinaron y un minúsculo tic se presentó en su ojo derecho.

- Pensé que ella los compraba en los festivales de arte FIDES. - Dijo resoplando. Carlos cerró sus ojos y sonrió. Supo que él ya era suyo.

- Siempre me ha parecido maravilloso e inigualable el trabajo de ellos, me halaga con su comentario, gracias. - Lentamente las respuestas del pintor encolerizaban más y más a Felipe.

- Es entendible ese nivel de empatía, de todas formas, tienes todas las características de ellos, incluyendo su nivel de discapacidad, pero eso es algo normal, el 90% de las personas son estúpidas. - Agregó con una sonrisa de medio lado.

Andrea no intervenía en dicha conversación o más bien discusión, ella creía firmemente en que su pareja le daría una lección.

- Interesante, entonces debo asumir una de dos cosas de usted. La primera, que es un genio por calificar las capacidades cognitivas del ser humano de forma tan simple como para distribuirlo demográficamente, y la segunda, que es un completo ignorante, estólido y un insolente sin medida. - Respondió tranquilamente sin dejarse llevar por un ápice de emoción, entretanto bebía con delicadeza una copa de vino.

Estos adjetivos hicieron eco en su cabeza como si una bomba nuclear le hubiese estallado en su interior. - ¿Ignorante? ¿Insolente? Es curioso que hable alguien con una mediocre educación, acerca de insolencia e ignorancia. Le recuerdo que su profesión, no es más que un hobbie que la gente practica cuando se hace vieja e inútil, donde nada tiene un valor intrínseco, sino que es algo completamente subjetivo. No importa cuánto te esfuerces, sólo serías el rey tuerto del país de los ciegos. - Culminó el despreciable muchacho.

Andrea había tenido suficiente y no iba a permitir que denigraran más a la persona que le acompañaba y por la cual sentía algo muy fuerte. – Vámonos, amor. – Dijo en tono amoroso para irritar a Felipe.

Esto sorprendió e hizo muy feliz a Carlos el ser llamado de esa forma. Claramente no captó la doble intención de ella.
Felipe se interpuso y le pidió a Andrea que se quedara, ella lo rechazo. Desafortunadamente, Felipe la conocía muy bien y eso le bastó para trazar la estratagema para arruinarle la noche.

– ¿Qué se siente salir con una estudiante de Química y no sólo eso, sino con la mujer más inteligente de la facultad? Es decir, ¿de qué pueden hablar? – dijo hilarante.

– De nosotros. Nuestros trabajos o profesiones no son nuestras vidas, hay más en cada uno que sólo fórmulas o pinturas. – Declaró Carlos con la misma transigencia del inicio de la conversación.

Al snob le colmaba la paciencia la actitud tan despreocupada de Carlos, éste ya había perdido su calma y simplemente quería golpearlo al igual que Andrea a él.

– ¡Felipe, basta! No tengo tiempo para ti, por favor vete antes que te golpee frente a todos. – Amenazó colérica.

Él sonrió, pues sabía que la violencia era la última línea de defensa. Ahora estaba seguro de que con una estocada más, le arruinaría la noche.

– Andre, por cierto. ¿Ya hiciste el problema de cuántica? – Terminó sonriendo de oreja a oreja. Andrea comprendió su despreciable intención.
– Aun no comprendo cómo demostrar las condiciones para la utilización de series infinitas para representar la combinación de funciones ondulatorias para los estudios de FT – IR. ¿Tienes idea? –

Andrea alistó su mano para propinarle una cachetada, pues el estudio era algo que le preocupaba mucho y en esa noche sólo quería estar tranquila. De repente sintió como Carlos le detuvo en el momento exacto y le puso detrás de sí, mientras observaba a Felipe y le respondía:

– La sumatoria de funciones de onda a diferentes frecuencias nos permiten expandir la misma para reconstruirla en el dominio tiempo. No obstante, deben cumplirse dos condiciones para emplear la transformada de Fourier sobre los polinomios de Laguerre y Legendre, y poder transformar una función del dominio tiempo al de frecuencia. Pero para ello, se debe cumplir que las funciones sean ortogonales y la segunda que estén normalizadas, es decir, su condición es la ortonormalidad. –

Felipe, incapaz de contener su asombro, exclamó flemáticamente.
    – ¡¿Cómo puedes saber eso?! –

Carlos le miró con su particular sonrisa llena de confianza y satisfacción y le dijo: – Todos tenemos hobbies. – Sin palabras, Felipe aceptó su derrota y buscó parte de su valía en el suelo durante el resto de la noche.

Acto seguido, salieron del salón y se dirigieron hasta un balcón lejos de la vista de todos los demás. Durante su caminata Andrea no cruzó ni una sola palabra con él, a pesar de estar sumamente impresionada por responder a esa pregunta y haber dejado estupefacto a Felipe. Al llegar a ese lugar, él la tomó de la cintura, ella puso sus manos detrás de su cuello y se besaron pasionalmente. La Luna y los padres de Andrea fueron los únicos testigos de su amor.

    – Es un poco feo, ¿cierto? –
    – No sé qué le vio Andy, pero no seas tan ruda mujer. A mí me agradó. Me recuerda mucho a mí cuando estaba muchacho. –
    – Pues sí, es gracioso, directo y parece que está muy enamorado. ¿Te acuerdas cómo me conquistaste amor? –
    – Por supuesto: yo te vi, caminé unos pasos hacia ti. Encendí mi cigarrillo, tomé un poco de humo, te miré fijamente y dije: mi nombre es Bustamente, Augusto Bustamente. Y tú saltaste hacía mí loca de pasión y poseída por la lujuria. –

- Idiota, eso es de una película de James Bond. - Doña Marcela le frunció el ceño y echaron a reír. Se abrazaron y dejaron a su hija en los brazos de aquel joven.

- ¿Ves la Luna? - Dijo apuntando con su mano al hermoso satélite color miel que brillaba en aquella noche. - Hoy la he puesto allí especialmente para ti. -
- Ahórrate todo eso, la poesía no funciona conmigo. -
- ¿Qué? Y con todo el trabajo que me costó ponerla allí... ¿Sabes cuantas ciudades inunde por hacer eso? - Andrea rio un poco mientras lo miraba directamente a los ojos.

Carlos tomó del rostro a Andrea, la contempló por unos segundos, acarició su suave mejilla, observó cada centímetro de su tez, de nuevo se perdió en el sortilegio de sus ojos azabache y reaccionó.

- ¿Quieres ser mi novia? - Dijo lentamente y en tono muy suave.
Andrea aparentaba ser una mujer muy valiente y, sobre todo, segura de sí misma; no obstante, como todo ser humano, padecía de una módica suma de inseguridad. Sus ojos no se apartaban de los de él, enfocándose en un ojo diferente cada segundo y sus labios. Al mismo tiempo sentía la necesidad de bajar su mirada. No esperaba eso de él, y mucho menos tan pronto.

Sin embargo, nuestra mente nos juega tretas y la de Andrea no era la excepción. Así, entretanto ella se preocupaba por el pasado, el presente, el futuro y sabrá Dios que otras cosas más pasarán por la mente de una mujer ante ese tipo de preguntas; su rostro ya había esgrimido una fantástica y encantadora sonrisa. Cuando lo notó, se dejó de preocupar por tantas cosas y sólo respondió: - Sí. -

Se abrazaron y sellaron el inicio de su relación, con un beso en la fría noche del 11 de julio de 2012. Ese día nació la efímera y perenne historia de amor entre dos jóvenes destinados a conocerse, la cual cambiarían el curso de la historia para siempre.

Capítulo IX
Noctiluz y Leviatán

Las almas danzantes multicolor zigzagueaban con suavidad y parsimonia en el cielo, mientras descendían lentamente hasta posarse como orbes sobre la corbata azul de Prusia yacida en el verde prado de la extensa llanura que comunicaba al bosque de Prymm, lugar donde Carlos había sido hallado por Iadrael, con el colosal fósil del árbol de Doa.

A lo lejos, el sonido metálico agudo y característico de dos espadas chocando, alertaban a sus alrededores del combate entre aquel joven y el elfo.
Carlos se veía muy agotado, el sudor corría por su frente y obstaculizaba su visión, sus manos temblaban al igual que sus piernas, haciéndosele compleja la tarea de permanecer de pie. Iadrael por el contrario se veía sereno, apacible y vivo, pero ante todo feliz.
A pesar de lo que el sonido podía informar, ninguno empuñaba una espada; cada uno se servía de una larga rama de un árbol.

- Dar a un material la propiedad de otro, es el paso más básico que conoce un transmutador y un materializador. - Dijo el elfo mientras sostenía una rama de un árbol común, la cual había sido imbuida con aura adoptando alguna propiedad de otro material, en este caso la dureza del metal.
Carlos sentía la notoria diferencia de peso de cuando maniobraba dicha rama dopada con aura, la cual él mismo había endurecido tras cuatro días de práctica, a cuando ésta era sólo una rama ordinaria.

- El aura se manifiesta como una energía que fluye desde el fondo de la tierra hacia todos los seres vivos. Aprende no sólo a dotar de aura a objetos inanimados, también puedes introducirla en tu cuerpo para mejorar tus cualidades físicas. - Dijo mientras se apartaba un poco del vómito de Carlos producido por novena vez, producto del duro entrenamiento de Iadrael.

Afortunadamente para él, este mundo poseía el mismo tipo de plantas, frutas y animales conocidos; sólo que existían en mayor variedad y, adicionalmente, la habitaban monstruos y otros seres.

Carlos limpió su rostro, puso ambas manos en el suelo para levantarse de nuevo, a pesar del temblor en sus piernas y el sudor frío en sus manos: se puso de pie. Empero, sentía como si su cuerpo hubiese sufrido la procesión de la crucifixión.

- Descansa un segundo, te ves terrible. - Dijo jocosamente.

Carlos cayó nuevamente y su respiración se acrecentó, miró a su compañero un segundo, y dirigió de nuevo su mirada al suelo, manteniéndola allí por sendos minutos.
Su tristeza era notoria, si bien durante tres días su expresión continuaba vacía, en sus ojos podía leerse con facilidad la palabra "dolor". Iadrael conocía su agonía. Por más de 150 años también tuvo que soportar la soledad y la pérdida de todos sus queridos. Silencio y reflexión, eso era lo que Carlos necesitaba, por ende, eso le brindó.

- ¿Cómo se llama éste lugar? - Preguntó rompiendo el silencio.
- Se llama la llanura del inicio. - Miró a Carlos y pareció que dicha respuesta no ofreció el nivel de claridad que él exigió. - Aquí se sentaron los primeros Duhneim Amam que, en la lengua de los Primeros, significaba: Los nacidos del tiempo.
- Duhneim... Amam. - pronunció vagamente mientras miraba al cielo. - Donde vengo se llama, Santiago de Cali. -
- Ese es un nombre bastante raro. - Dijo riendo el elfo.
- ¿Por qué me ayudas? - Interrumpió con notoria seriedad.
- No puedo decírtelo, lo siento. - Dijo en tono conciliador.
Carlos miró cabizbajo. - Entiendo... ¿sabes por qué estoy aquí? -
- ¿A qué te refieres? -
- Yo... no... debería estar aquí; se supone que después de "eso" no hay nada. -
- Este es el lugar donde deberías estar, no pienses en nada más. - Dijo cortando el tema. Iadrael le conocía perfectamente y sabía hacia qué punto quería llevar la conversación.

Carlos suspiró, ambos permanecieron en silencio por varios minutos. Las aves iniciaban su vuelo sobre el cielo, al igual que las imperecederas almas terrenales ascendían como un torbellino multicolor. Éste observó el suceso con bastante interés. Iadrael le observó y agregó:

- Las almas de las personas a veces permanecen un tiempo en este plano después de la muerte. De acuerdo con su color podemos saber qué sintieron justo al final de sus vidas; rojo, cuando sufrieron ira, azul - tristeza, violeta - amargura, amarillo - felicidad, verde - arrepentimiento, azul celeste - satisfacción, etc. En la noche permanecen cerca del suelo para acercarse a sus cuerpos ya inexistentes y en la mañana se dirigen de nuevo hacia el cielo. -

Carlos no despegó su mirada del cielo a pesar de los esfuerzos de su amigo. Parecía completamente ido, como si todo hubiese dejado de importar y sólo la inercia le mantuviera con vida.

- Carlos, en menos de tres días ese greylang nos encontrará e irá por ti. Para ese momento debes ser capaz de hacerle frente con tus propias manos, yo... no podré ayudarte. - Los ojos de él bajaron del cielo y buscaron al elfo.

- ¿Es por la misma razón por la que no puedes contarme por qué sabes tanto de mí? -
- Sí. -
- Está bien, no importa, igual pronto decoraré este mundo con el orbe de mi alma. ¿Me preguntó de qué color será? -

Iadrael se levantó, tomó a su interlocutor del cuello de su camisa y lo golpeó en el rostro con una excelente diestra. Éste cayó al suelo con sus labios sangrando, se tomó un tiempo para limpiar su rostro cubierto del carmesí líquido y levantó su mirada cargada de ira.

- El Carlos que conozco y del que se enamoró Andrea, era alguien valiente, estoico y decidido, no se comportaba como un cobarde ante la vida, un quejumbroso y un ser sin propósito como la persona a la que acabo de golpear. -

- Estoy harto de tus putas reflexiones. - Apuntó mientras le propinaba un gancho en la cara, el cual le desestabilizó e hizo retroceder. El guerrero se recuperó con agilidad y le dirigió con furia una patada al rostro; sin embargo, su ira le nubló el juicio e instintivamente adicionó aura a su golpe, lo cual lo hacía mucho más potente, incluso letal.

La patada le dio justo en la cara, su cuerpo se arqueó, pero no perdió el equilibrio o su postura. Iadrael se sorprendió y bajó su guardia, cuya situación aprovechó su contrincante para propinarle una patada frontal en su plexo solar y hacerlo retroceder sendos metros.

Carlos llevó su mano a sus labios y notó que estos ya no sangraban, de hecho, ni siquiera estaban lastimados. Su herida se había curado por completo. Tras recapacitar recordó el aura impregnada en la patada de Iadrael y lo potente que se veía, esto le confundió, pues a pesar de ello le generó muy poco daño.

- Fase dos del entrenamiento culminado. Usaste el aura para acrecentar tus capacidades de curación, resistencia y potencia. - Dijo Iadrael recuperándose poco a poco del daño recibido y regalándole a éste una sonrisa. Carlos saltó de emoción, se detuvo un instante para observar sus manos con detenimiento como si lo sucedido jamás hubiese tenido lugar. Y con la misma velocidad con que se inició la pelea esta terminó, dejando a su paso una mejor amistad entre ambos y un gran progreso en las habilidades del joven forastero.

Al otro lado del bosque de Prymm, la criatura sedienta de sangre, caminaba lentamente con sus estruendosos pasos por el bosque. Su pelaje azabache moteado de ligeros puntos blancos contenía una considerable cantidad de sangre seca, el cual atraía a las moscas rodeándole con intensidad. Ya sea por el olor, el sonido de su paso o incluso su siniestra aura carmesí, todos los seres a su paso e incluso las almas, tomaban cursos diferentes para evitar ser vistos o tocados por el mismo.

Su rostro exhibía el profundo corte a nivel de su ojo izquierdo y el nacarado órgano carente de pupila destruido por Carlos. A su alrededor no había ningún otro greylang, todos fueron asesinados por él al momento de presentarse la rebelión de estos al ver a su líder débil y sangrando. No obstante, este arrastraba los cuerpos desmembrados y abiertos de par en par, con sus órganos expuestos y untados de tierra, hojas y ramas pequeñas de algunos de ellos como alimento.

La criatura jadeaba con dificultad, el luchar contra toda su jauría le dejó profundas heridas, las cuales habrían sido letales para cualquier otro ser, pero éste poseía una capacidad extraordinaria de regeneración mediante el uso del aura.

De acuerdo con la marcha trazada por la bestia y a la continua curación de sus heridas, al cabo de nueve días o menos, alcanzaría al elfo y al joven pintor. Ya que el monstruo seguía religiosamente el rastro del olor dejado por ambos en su huida. Mientras olfateaba, crujía sus mandíbulas y resoplaba con fuerza al sentir que se acercaba al epicentro del aroma. Una temible sed de sangre emergió de él y el bosque lleno de vida y sonidos pareció morir en silencio de un momento a otro, permaneciendo así hasta que éste se alejó lo suficiente, como para que todos los seres vivos se sintieran seguros y volvieran a inundar de vida el bosque de Prymm.

Las habilidades de Carlos ya eran muy superiores a las de cualquier otro ser humano en todos los sentidos posibles, el aura lo había convertido en un luchador de primera clase. Éste poseía un talento innato en el manejo del aura y no sólo eso, su imaginación le permitía moldear esta energía para llevar a cabo sus más grandes sueños. En tan sólo cuatro días había llevado a la práctica los conceptos más básicos del aura, por lo cual Iadrael decidió detener el entrenamiento y explicar un poco más acerca del aura, pues éste avanzaba más rápido a medida que entendía más la teoría de esta energía.

– Has aprendido a manejar el aura de una manera fantástica, estoy muy orgulloso de ti; sin embargo, para poder avanzar más rápido te enseñaré una técnica muy importante llamada Sabiduría. – Dijo el "joven" elfo con la persuasión de un maestro.

– ¿Sabiduría?... ¿Es eso una habilidad áurica? – Preguntó con interés.

– Sabiduría es la capacidad de ver lo invisible y entender lo indescifrable. Para ello debemos usar nuestra aura y enfocarla en nuestros sentidos: visión, audición, olfato, tacto y habla. Primero debes visualizar como las corrientes de aura que te rodean, convergen hacia tus sentidos e inundan de energía cada célula de tu ser. – Dijo haciendo hincapié en cada palabra para llamar totalmente la atención de su amigo. – Hazlo. – Ordenó.

Carlos empezó a hacer lentamente cada paso mencionado por su maestro, se concentró en cada sentido y tras varios minutos de meditación, un ligero malestar recorrió todo su cuerpo, un frío extremo seguido de un abrasador calor se sintió en toda su piel, los oídos le zumbaron como si una granada le hubiese estallado al lado, su cabeza dio mil vueltas y vomitó.

Al abrir sus ojos, descubrió como todo el suelo estaba lleno de una neblina rosa multicolor intangible; de las plantas nacían pulsaciones rítmicas de colores celestes y aguamarina, como si se comunicaran por medio de música. Dirigió luego su mirada hacia Iadrael: de él emanaba una luz blanca de hermosa claridad con finos matices de todos los colores la cual ardía como una llama.

Iadrael apuntó sonriendo hacia el cielo. Carlos desvió lentamente su mirada hacia allí, su frente se perlaba, se sentía exhausto; dio su mejor esfuerzo y miró hacia arriba. Al inició observó pequeñas mariposas con diminutas cabezas, brazos y piernas, la cual inmediatamente asoció con hadas, no podía creerlo, ¡eran hadas! Miró de nuevo a Iadrael y éste le seguía apuntando hacia arriba, mientras sonreía. Carlos redirigió su mirada lentamente hacia el punto más alto del cielo, cuando lo alcanzó, cayó de espaldas con su boca y sus ojos completamente abiertos.

En el cielo, cubierto por un sinnúmero de nubes, una criatura colosal cubría el ancho espacio del horizonte, un ser parecido tal vez a una ballena cuyo vientre y aletas cubrían absolutamente todo el cielo; en su cuerpo había al parecer escamas hexagonales multicolor como un arcoíris, de las cuales emergían rayos de luz de gran intensidad que bañaban todo el mundo. Haciendo parecer que la luz del día provenía de este magnánimo ser, cuyo cuerpo se extendía más allá de la vista de cualquier ser de ese plano.

- ¿Ahora ya entiendes qué es la sabiduría? - Preguntó en tono jocoso, realmente disfrutaba de la expresión de espanto de su compañero.

- ¡Qué hijueputas es esa cosa! - Gritó fuera de control.

- Jajajaajaja. - Rio su amigo, mientras se agarraba fuertemente el abdomen.

- ¡Por favor Iadrael, es en serio! ¿Qué mierdas es eso? - Respondió ante las burlas totalmente indignado.

- Se llama Leviatán, es uno de los primeros hijos de Elha y Elhoá. Él es la luz de nuestra tierra, la Tierra del Mediodía. - Confesó en tono muy serio, sabía que él se resistiría a esa información.

- Eso no tiene sentido, la luz proviene del Sol, no de esa cosa. - Acometió haciendo honor a la predicción de Iadrael.

- ¿Sol? No conozco a ese dios. - Respondió confundido.

- ¡No es un dios, es una estrella! ¡Un astro constituido de hidrógeno y helio en el que ocurren reacciones nucleares de fusión, las cuales liberan una enorme cantidad de energía, que llega a la tierra como partículas de luz llamadas fotones! - Dijo con frustración sin hacer una pausa en su respuesta.

- Leviatán es quien nos da la luz a nuestro mundo. Es la deidad del día. Y Noctiluz es la deidad de la noche, él se alimenta de la luz que emana su hermano y trae la oscuridad al mundo. - Respondió con serenidad ante la exaltación de su amigo.

- No puede ser... la otra noche vi unas cuantas constelaciones. - Dijo Carlos llevando su mano hacia su frente mientras meditaba.

- No sé qué sean las constelaciones, pero lo que viste son los pictogramas tallados por Elhoá en las escamas de Noctiluz, para ayudar a sus hijos a conocer los días y crear el calendario. -

- ¿Entonces este mundo funciona gracias a esos dos monstruos? -

- Prefiero que les llames dioses. - Carlos se sentó de nuevo y volvió a mirar hacia arriba, el monumental ser cubría casi todo el azul zafiro del cielo. Finalmente se rindió y aceptó su nuevo y extraño hogar. Claro está, que dicha sumisión no ocurrió de la forma tan poética como aquí se describe, sino que pasaron cerca de cinco horas de discusión para ello. Y fue únicamente porque al caer la noche y al usar Sabiduría, observó el dracónico rostro de Noctiluz surcando el cielo manchado de tinieblas.

Durante esta larga discusión, Carlos conoció el origen de este mundo y parte de su historia, la cual le fue relatado así:

Quietud... al principio sólo existía la Nada, ésta no tenía límite o principio, era la vacuidad. Pero en la nulidad también existía el Orden. De la Nada surgió un punto; diminuto, exiguo, único. El Orden tomó el punto y lo distribuyó, al hacerlo creó los límites, el espacio y las dimensiones. El punto al sufrir esta transformación ya no era el mismo, era diferente al Orden y a la Nada, se había dado origen al Algo. Con el pasar de los eones, Algo tomó forma para finalmente convertirse en Alguien.

Alguien lo conocía y comprendía todo, el cual era el Orden y la Nada, al meditarlo por sendos eones más, advirtió la ausencia de lo dinámico y lo comunicó al Orden y a la Nada; dando lugar de sus pensamientos al nacimiento del Caos.

El Caos alteró el espacio, expandió los límites y distorsionó las dimensiones. El Orden no estuvo de acuerdo con sus acciones y de ambos no hubo creación alguna, al igual con la Nada, ya que sus pensamientos nunca se sincronizaron. No obstante, el Caos y Alguien vibraban a una misma frecuencia, ambos anhelaban el cambio y eran inconformes. De ambos nació su máxima creación, El Primero.

El Primero observó los límites, el espacio y las dimensiones, caminó con el Orden, la Nada, Alguien y el Caos. De cada uno aprendió las leyes del Todo y se maravilló a sí mismo de lo circundante. Finalmente, halló en Aquel Lugar, el silencio, la quietud y la vaciedad. El Orden, la Nada y el Caos, le corrigieron y mostraron sus obras, pero a los ojos de El Primero, todo era predecible y simple. Alguien se comunicó con El Primero y le retó a crear algo más maravilloso que él mismo.

El primero aceptó el reto y en la presencia del Orden, la Nada, el Caos y Alguien. El Primero se convirtió en polvo y energía: el polvo brilló y se acumuló lentamente provocando relámpagos, fuego y peso. Las dimensiones se distorsionaron como nunca y, de allí, surgió la gravedad. Esta atrajo todo el polvo en dos puntos, se acumularon en forma de una espiral y en ambos surgió una creación.

El Orden, la Nada, el Caos y Alguien, se maravillaron con la creación de El Primero, pues de él, emergieron dos existencias más: Elha y Elhoá. Cada uno amó por igual a los gemelos y enseñaron todo lo que sabían. Al igual que El Primero, los hermanos eran muy curiosos y estaban llenos de energía. Su primera creación fue el mundo, formaron una masa ardiente y combinaron todo lo que había en Aquel Lugar para pulir cada detalle. Y la complejidad les gustó.

Pero al cabo de un tiempo, la esfera ardiente externamente se había enfriado y a los gemelos no les gustó este cambio. Elhoá intentó calentar al mundo, para ello creó un ser colosal del tamaño de este, con una apariencia similar a una ballena, cuya piel cubierta de escamas hexagonales brillaba emitiendo luz blanca con los siete colores del arcoíris, bañando al mundo con energía nuevamente. Elhoá le dio por nombre a este ser, Leviatán, que significa luz cálida.

El calor tocó a este mundo y lo llevó a su estado inicial, pero nada más ocurrió. Elha decidió entonces crear a Noctiluz, un dragón del mismo tamaño de Leviatán cuya piel constituida de infinitas escamas triangulares completamente negras, absorbían la luz de Leviatán cuando ambos se encontraban. Así, la interacción de ambos apoteósicos seres generó en el mundo tres grandes áreas:

La Tierra del Mediodía, cuyos días se dividían en doce horas de luz y doce horas de oscuridad. La Tierra de la Medianoche, la cual una vez cada 364 días hay doce horas de luz roja, llamada la Noche Roja, y el resto de los días son de completa y perpetua oscuridad. Y El Desierto Rutilante de Nox, cuyas arenas constituidas de oro y sílice brillaban del más hermoso dorado, pero en esta tierra sólo existía luz y fuego y sólo cada 364 días había doce horas de oscuridad, llamada Laz Nochez, naciendo así la Primera Edad.

Elha y Elhoá engendraron dos hijos más. Djuhaka, un gigantesco lagarto emplumado de seis piernas, carente de ojos, provisto de dos monumentales fauces en su cráneo y padre de las salamandras de fuego, las cuales surcan las finas arenas del Desierto de Nox como si estuviese compuesta de agua; los dragones ígneos; los golem, y los fénix.

El segundo fue la serpiente espinosa de piel zafiro, llamada Cándaro. Cuyo hogar era la Tierra de la Medianoche, un paraíso helado con montañas de cristal, piedras preciosas y en su centro una cueva subterránea llamada la caverna de Hud: lugar donde se encontraba un hermoso e imponente lago cristalino, cuyo fondo estaba constituido de diamantes al igual que las estalactitas, bañando al lugar de hermosos destellos tenues de luz. Cándaro fue la madre de los basiliscos, los dragones gélidos, las gárgolas y las hidras.

Durante la Primera Edad del mundo, Cándaro y Djuhaka lucharon junto con sus hijos por la Tierra del Mediodía, tiñendo de sangre ambos bandos. En respuesta a la guerra de ambos hermanos, Elha y Elhoá, crearon los océanos, los mares, los ríos, las montañas, los volcanes, las fisuras y cordilleras para evitar que pudiesen encontrarse con facilidad en la mitad del mundo. No obstante, esto no les impidió hallarse de nuevo.

La primera edad del mundo finalizó cuando Djuhaka logró quemar y penetrar con sus mandíbulas ígneas, el pétreo cuerpo de Cándaro hiriéndola de muerte. Con sus últimas fuerzas usó su extenso cuerpo para crear un límite entre la Tierra del Mediodía y el de la Medianoche, con el fin de evitar que Djuhaka y sus hijos, invadieran su hogar y masacraran a los suyos. Al descomponerse su ser, dejo atrás sus monstruosas vertebras y costillas, las cuales al petrificarse crearon la cordillera de Cándaros.

Djuhaka victorioso trató de adueñarse de la Tierra del Mediodía, pero su cuerpo no soportó la ausencia de los ríos de magma, las arenas ardientes y los vientos calcinantes del desierto de Nox; y pronto cayó enfermo. Con la ayuda de los golem, los bisontes tricéfalos de fuego y los dragones ígneos, todos hijos de Djuhaka, lograron llevarlo de regreso al desierto Rutilante de Nox, pero su enfermedad había avanzado demasiado y murió en medio de su hogar. Sus hijos lamentaron a su padre y le incendiaron con sus flamas para honrarlo. De su rígido cuerpo fundido se creó el oasis vítreo de Djuhaka.

Elha y Elhoá, al notar que sus hijos se mataron los unos a los otros por los deseos de poder y la ausencia de sabiduría, decidieron crear a un tercer hijo cuya misión no fuese quitar vida, sino brindarla. Así fue como de la sangre de Elhoá y el soplo de Elha, nació Doa, el legendario árbol cuyas raíces llegaban al centro de la tierra, sus ramas se retorcían y extendían por el horizonte al igual que hasta las nubes más lejanas. Aquel no era sólo un árbol, era el ser más sabio de toda la creación de las Edades.

Sus semillas, se esparcieron por todo el mundo. En la Tierra del Mediodía, se crearon los jardines flotantes, los árboles, los arbustos, los pastos, y en sí todo un reino de plantas, hongos y bacterias. En el Desierto Rutilante de Nox, florecieron los jardines ígneos, cuyas flores al brotar desprendían una llama violeta que ardía por dos semanas; los árboles de fuego dadores del fruto volcánico, y los lotos de magma. En la Tierra de la Medianoche, nacieron los prados etéreos; fuente de una hermosa y tenue luz índigo; los pinos del dédalo, árboles delgados y frondosos productores de la piña carmesí, y los árboles de cristal cuyos frutos eran hermosas piedras preciosas. Las creaciones del árbol de Doa se extendieron más allá de la imaginación e inundaron todo el mundo durante el primer ciclo de la Segunda Edad.

En el segundo ciclo, el árbol de Doa creó a los animales y con ellos, los sexos, incrementando la generación de nuevas especies y desarrollando a las ya existentes. Los peces, insectos, reptiles, aves, mamíferos y otras creaciones, poblaron las tres regiones del mundo y, a cada uno, le correspondió un reinado en el mundo.

Elha y Elhoá siguieron nutriendo a su tercer hijo para que creara seres cada vez más maravillosos y, por todo el segundo ciclo, las deidades le brindaron su conocimiento del Todo. Al final de la Segunda Edad, el árbol de Doa no dio más frutos, exceptuando trece enormes y hermosos botones translucidos, en cuyo interior danzaba la luz multicolor. Los gemelos esperaron del brote de la flor de Doa y cantaron a su alrededor, pues sabían de la fastuosa creación que tendría lugar.

La apertura de los pétalos del primer botón, marcó el final de la Segunda Edad y el inicio de la Tercera Edad. De este emergió un ser humanoide de prominente altura, piel clara, mirada tranquila, ojos violeta y níveos cabellos. Elha y Elhoá le vistieron con túnicas hechas de sus cabellos y toda la creación nacida hasta sus días, se arrodilló ante la apoteósica nueva forma de vida. No obstante, los hijos de Djuhaka y Cándaro, le aborrecieron por heredar la Tierra del Mediodía.

Los gemelos dieron por nombre al nuevo ser, Duhneim Amam, cuyo significado es Nacido del Tiempo. Las nuevas esencias florecían una a una cada cien años, el primero de estos fue conocido como el Pilar del Gnosis, pues era el mayor y más sabio, incluso se había sentado con las deidades y bebido del conocimiento de ellos.

El segundo fue una mujer de ojos verdes y cuerpo dorado; el tercero fue un hombre de ojos marrones y piel beige; el cuarto fue una mujer de ojos oscuros y piel morena, y el quinto fue una mujer de ojos miel y piel clara. Cuyo rasgo unificador entre todos los Duhneim Aman fueron sus puros cabellos níveos, siendo éstos los únicos seres en todas las Edades y en las tres secciones del mundo en nacer con esta característica.

A estos últimos cuatro se les conoció como los Oráculos, segundos en sabiduría y poder. Pasaron cuatrocientos años sin la llegada de otro Duhneim Amam, hasta que cuatro de ellos nacieron al mismo tiempo, dos hombres y dos mujeres. Sin embargo, estos eran diferentes a los anteriores, sus cuerpos eran más fuertes, altos y hermosos. Eran la primera estirpe guerrera en el mundo y fueron los primeros en usar el aura como un arma, diferente al Pilar de Gnosis y los Oráculos, los cuales usaban esta energía que provenía del alma del mundo para comprender la creación y las palabras de Elha y Elhoá. A ellos se les llamó los Puntos Cardinales.

Finalmente, tras otros cuatrocientos años, de los pétalos de los botones del árbol de Doa, nacieron los últimos hijos del árbol en la misma proporción de sexos. Estos al igual que sus hermanos, los Puntos Cardinales, nacieron dotados de gran fuerza y esplendida inteligencia, por lo cual fueron designados como la primera línea de defensa, encomendándoseles la misión de genios militares. Doa, antes de fallecer, pidió a sus padres Elha y Elhoá que cuidaran a sus hijos y dio por regla a los Duhneim Amam que de ellos no nacería otro igual, si en el mundo seguían existiendo los trece iniciales, pues un Duhneim Amam sólo puede nacer si alguno de los demás muere. Sin embargo, su progenie no estaría limitada, pues de ellos emergerían otras razas diferentes a los Nacidos del Tiempo.

De la unión de los Duhneim Amam, nacieron los elfos del mediodía y los elfos de la medianoche, cuyas características fisionómicas eran similares a sus progenitores, exceptuando el color de sus cabellos. Los primeros poblaron la Tierra del Mediodía y los segundos la Tierra de la Medianoche. Elha y Elhoá tomaron las hojas del árbol de Doa y de ellas crearon a los humanos con el fin de servirles a los Duhneim Amam; sin embargo, nacieron con ambición y eso les hizo desear más que servir, extendiendo sus pasos a lo largo y ancho del mundo para crear sus propios reinos; de la corteza nacieron los gigantes, cíclopes y colosos, quienes poblaron las montañas y se aislaron de todas las demás razas; de las raíces, emergieron los gnomos, enanos y noctívagos, dueños legítimos de las tierras subterráneas y adoradores de las piedras preciosas.

Con la ayuda de los elfos del mediodía, los Duhneim Amam crearon la ciudad de Mihrael, capital de la Tierra del Mediodía y piedra angular del mundo. Esta ciudad se estableció en el marchito y fosilizado árbol de Doa, cuya vida se extinguió tan pronto nacieron los últimos Duhneim Amam. Las edificaciones de la ciudad reposaban sobre sus colosales ramas, ascendiendo en forma de espiral. La ciudad se compuso entonces de cinco ciudades, la torre de oriente llamada Grahim, de occidente Vanesh, del sur Calimm y del norte Esthrsh. En el centro se encontraba Yggdrasil, hogar de los Oráculos y el Pilar del Gnosis.

Otras grandes ciudades surgieron en el mundo, como la Ciudad de Cristal en la Tierra de la Medianoche, La Metrópolis del Alba, asentamiento humano en la Tierra del Mediodía y los Castillos Flotantes de Penthdragon en el Desierto de Nox. Pero ninguna era tan majestuosa como la ciudad de Mihrael; sin embargo, Iadrael no quiso hablar de cómo una ciudad tan emblemática, terminó en ruinas y sin ningún otro habitante exceptuándolo a él.

Carlos tardó en asimilar toda esta información, pero finalmente optó por creer en todo lo mencionado por su amigo. Sabía que este mundo no tenía comparación, cada centímetro de él estaba lleno de misterios, aventuras y cosas extraordinarias y, aunque su dolor le impedía ver al mundo con mejores ojos, supo que quería recorrerlo.
Iadrael se levantó del suelo en el que estaban comiendo conejos asados mientras relataba su historia y enseguida dio la espalda a Carlos.

  - Seré muy claro Carlos, el greylang vendrá por ti con toda la intención de asesinarte, es muy resistente y poderoso, te matará si no posees un arma y sólo tengo el mango de dos espadas rotas. Necesitarás crear un arma a partir del aura para hacerle frente, de otra manera no vencerás. - Sentenció aun dándole la espalda. Giró levemente su rostro en dirección a su amigo y éste le observaba atento y con una sincera sonrisa.
En él observó una actitud despreocupada, esto le molestó, vio además la falta de interés necesaria propia de alguien que desea morir. Iadrael se detuvo un segundo antes de decir cualquier cosa, ambos sonrieron con tristeza. Carlos entendió su actitud, ya había visto ese tipo de mirada en alguien, en otra persona que sabía la verdad sobre su fatídica decisión y se lo había comunicado a través de notas escritas.
Por medio del uso de Sabiduría, los usuarios pueden comunicarse sin palabras o expresiones; es un tipo de comunicación en donde los sentimientos danzan y transfieren sus emociones sin el uso de palabras. Al cabo de unos segundos todo quedó claro entre ambos, de todas formas, Iadrael habló:

  - No estás muerto, pero si mueres en este plano... lo harás en el otro. - Advirtió.
  - ¿Entonces, sigo vivo? - Preguntó confuso.

- Sí y por lo pronto, trata de seguir así. - Dicho esto, el elfo abandonó a su compañero y se internó en el bosque. Carlos le vio partir y, aunque para él no tenía sentido nada de lo que sucedía, como a su vez no conocía la razón por la cual era ayudado por éste. Decidió enfocarse en la tarea planteada por su maestro: construir un arma a partir del aura.

El uso del aura reside en cada individuo, por tanto, nadie puede enseñarle a otro a manifestarlo. Cada uno debe aprender a través del entendimiento de sí mismo, el medio para manejar su propia aura. Es por esta razón que el elfo abandonó a su amigo, pues su presencia no podía aportarle nada.

Al otro lado de los montes de Dracco y pasando por las aldeas subterráneas de los enanos, las cuales se extendían por kilómetros, se encontraba una de las tantas ciudades ahora gobernadas por el puño de hierro de los seres humanos. Dicha ciudad se conocía como Ishvastal, el epicentro de los señores de la guerra, cuyos mercados ofrecían esclavos de todas las razas, elfos nocturnos, enanos, humanos inferiores e incluso gigantes. En su centro se esgrimía una elevadísima torre negra: en su punto más alto se encontraba una prisión impenetrable, la cual mantenía encadenado y prisionero, al asesino más letal de todos los reinos.

Entre las diferentes casas esclavistas, existía una que sobresalía más que las demás, era la más grande y poderosa, la casa del Necronomicón. En ella, se desplazaba con gran dificultad un ser lamentable con ropas harapientas, cojo y con su rostro desfigurado por el fuego, se acercaba arrastrando su putrefacta pierna, la cual emanaba un fétido hedor a heces y almendras. Éste se postró frente a un joven de cabellos rubios, ojos aguamarina y contextura guerrera, vestido en una armadura de oro macizo y fijo en un trono construido de pequeños esqueletos provenientes, tal vez, de cientos de niños.

- ¡Aaaaaaamo! - Balbuceó la insignificante criatura, mientras le entregaba una carta a su gobernante.

Éste la leyó, se levantó y su cota de malla vibró como si un millón de monedas de oro hubiesen chocado con el suelo. Las antorchas al lado de su trono danzaron con violencia. El soberano levantó su mano y al hacerlo tres sombras se proyectaron de las antorchas, tomando la forma de dos hombres y una mujer.

- Uno continúa vivo... ¡Tráiganlo! - Ordenó.

Las sombras desaparecieron y el rey volvió a su trono. Inclinó su cuerpo y posó su cabeza sobre su puño, cerró sus ojos y las antorchas se apagaron. En el suelo, la carta entregada por aquel nauseabundo ser, yacía sin dueño, en ella se leía:
- *Hallamos a un elfo del mediodía, se encuentra cerca de las ruinas de Mihrael. -*

Los avances de Carlos eran paupérrimos, no lograba crear absolutamente nada. Iadrael le observaba a lo lejos con impotencia, sabía que no podía ayudarle en nada, él debía lograrlo solo. Durante este entrenamiento, el joven artista se desmayó seis veces, dado que el uso excesivo del aura somete a mucho estrés, tanto físico como mental, al individuo por lo que Carlos había alcanzado niveles críticos.
Iadrael le socorrió todas las veces en las que perdió el conocimiento, ayudándole a levantarse de nuevo como a su vez dándole ánimos para continuar intentándolo, hasta que su cuerpo llegó al límite y terminó en un desfallecimiento total por más de ocho horas.
Carlos despertó abrigado en la fría noche de ese día, ya llevaba ocho días entrenando con el elfo y aún continuaba sin comprender cómo había llegado a ese lugar. Con su mente meditabunda, observaba el tenue y sempiterno movimiento de Noctiluz surcando los cielos, las falsas estrellas brillando con gran vigor sobre sus escamas y el continuo craqueo de una hoguera a su lado. Por un momento extrañó aquel mensaje en su techo que decía: "¿Quién está a tu lado?". Olvidó la nostalgia y de la nada obtuvo energías para levantarse de nuevo.
Debía crear algo de la nada... luego recordó que la nada no existe, siempre hay algo en el universo, por ínfimo que sea siempre existirá algo. - El aura puede potenciar cada cosa que toca; ¿qué sucederá si uso el aura para potenciar mis pensamientos y crear a partir de esa energía algo material? - Meditó. A su razonamiento envío una ligera cantidad de aura a su mano e imaginó en ella una delgada y fina aguja.

Pensó en el tamaño, la forma, el material y el peso que debía tener una. Cerró sus ojos y lo visualizó.

Al abrirlos, sus manos sostenían decenas de agujas. Su frente se llenó de sudor y su boca no podía emitir ningún sonido, estaba estupefacto.

– ¡Lo logré! – Gritó. Su exaltación le hizo tirar dichas agujas, intentó recuperarlas en el aire, pero fue incapaz de hacerlo y sólo se dedicó a observar cómo mientras caían sostenían su forma, pero al momento de tocar el suelo, se desvanecieron y convirtieron en burbujas de aura.

Carlos permaneció inmóvil, mas no de frustración, estaba analizando cada detalle. Se dispuso a realizar el mismo procedimiento, observando de nuevo sus manos llenas de agujas, las acumuló en una mano y con la otra tomó una; probó cada una de las características imaginadas, incluso se pinchó a sí mismo y algunas hojas a su alrededor, pero esta no se desvanecía. Deliberadamente la soltó y al tocar el suelo se convirtió en aura. Arrojó el resto y se dio el mismo fenómeno.

– Entiendo... el aura puede materializar mis pensamientos, pero sólo mientras los sostengo o estén en el aire, una vez toquen el suelo, vuelven a ser aura. – Razonó.

– Usaré una cantidad inferior de aura y me concentraré en sólo una aguja. – Se dijo a sí mismo; sin embargo, la capacidad de enfocarse en una sola cosa era prácticamente imposible para él, pues en su mente no veía las cosas de forma individual sino en conjuntos.

Tras algunas horas de práctica, descubrió la tremenda barrera psicológica de poder pensar sólo en una cosa al tiempo, pues las emociones afectaban la calidad del material. Impactado por este hecho, decidió pensar en algo más grande y compacto, imaginó una daga.

La daga creada era visualmente perfecta pero el material era algo endeble similar al aluminio. Tras muchos intentos fallidos visualizando al acero y sin poder crearlo, se sentó a reflexionar. – Esto es una mierda. – Se desahogó. Se acostó, cerró sus ojos y se dejó llevar por el cansancio. De nuevo se quedó dormido.

Al otro día Iadrael le despertó.

- Hey, cómo va ese entrenamiento. - Preguntó entusiasmado. Carlos le miró con despreció, odiaba ser despertado. Se levantó, cerró sus ojos y creó la daga de aluminio. El elfo sonrió al ver tan flagrante progreso.

- Crear un material específico es muy difícil de hacer, es algo que se consigue con mucho esfuerzo, pero podemos hacer trampa. - Sonrió.

Carlos le miró interesado. - Puedo darte esto. - Le dijo. A su voz, le lanzó un fragmento de su espada. - No es acero de alta calidad, pero sí es un buen acero. Cuando imagines un arma sostén fuertemente esa pieza y siente de qué está hecho. - Aseguró. - Inténtalo. - De nuevo le dio la espalda y se retiró.

Iadrael había recobrado la paz, le atemorizaba el hecho de volver a perder a su amigo, pero ahora creía en él; sabía que él podría vencer al greylang, por tanto, podía apegarse al plan y confiar en su nuevo y viejo amigo.

Carlos no comprendía por qué debía irse siempre, pero no quiso contradecir a su maestro y aceptó su forma de actuar; esto era algo inusual en él, ya que nunca había respetado una figura de autoridad. Cerró sus ojos e imaginó la daga, luego detalló lo que tenía en su otra mano, sintió el material y lo transfiguró a su pensamiento. Al abrir sus ojos, la hoja de la daga era de un plateado brillante y muy resistente.

Carlos se emocionó como pocas veces lo había hecho. Luego recordó todos los momentos llenos de descubrimientos guardados en su memoria con Andrea. Su ausencia aún era dolorosa para él. Abrazó la amargura y la dejó ser, adecentó su actitud y volvió a ser el mismo. Lleno de entusiasmo, corrió en busca de Iadrael para contarle la buena noticia.

Las sombras avanzaban sin pausa, ya llevaban dos días corriendo desde que salieron de Ishvastal. El ritmo de los tres no había disminuido un ápice. Sus movimientos eran precisos, sus pisadas carecían de sonido y su aura no se manifestaba visualmente, eran invisibles; su manejo del aura era perfecto, no dejaban escapar la más mínima cantidad de ella, sólo usaban la justa para fortalecer y oxigenar sus músculos, de esta forma eran indetectables para otros usuarios. Por esta razón y muchas otras, ellos eran asesinos de elite, también conocidos como las Parcas y su objetivo no era otro que capturar a Iadrael.

Carlos se había acostumbrado a usar sabiduría todo el tiempo, amaba ver el mundo como la Sabiduría se lo mostraba. Buscó el aura cristalina de Iadrael entre todo el ancho espacio de la llanura, al seguir su rastro lo encontró en posición de loto frente a un lago, mientras unas hadas dejaban caer un líquido translucido sobre su cabeza, que al tocar sus largos y níveos cabellos se tornaban dorados.

Las hadas terminaron su trabajo y huyeron al notar la presencia de Carlos. – Muy bien... ¿por qué no? Si en este mundo las ballenas tienen escamas y vuelan y las estrellas son la piel de un dragón: ¿por qué los estilistas no pueden ser hadas? – Pensó en voz alta. Iadrael se puso de pie. – Estas de buen humor. Dame las buenas noticias. – Dijo sonriente.

– Prepárate para ver algo genial. – Dijo con seguridad. Hurgó su bolsillo y sacó la pieza metálica. – Aquí voy, obser...– Iadrael se lanzó rápidamente sobre Carlos y le haló de su hombro para arrojarlo con fuerza hacia la izquierda. Del bosque salió un proyectil que impactó justo en el lugar donde se encontraba éste.

Carlos recuperó el equilibrio en el aire y cayó varios metros lejos de su punto inicial e Iadrael. Ambos observaron lo que había llegado del bosque. En el suelo, hallaron con espanto el cuerpo desgarrado y putrefacto de al parecer un greylang. Ninguno contuvo la expresión de fastidio ante el repugnante ser que yacía a sus pies y el temor de la bestia próxima a llegar.

Del bosque, las aves huían despavoridas al igual que los insectos y demás animales, lentamente un aura carmesí empezó a divisarse y con ella la terrible sed de sangre emanada por él. Ahora que Carlos podía ver y sentir el aura, encontrarse con la criatura le paralizó de horror, ya que de ella sólo podía sentirse una ira incontrolable y el deseo de matar.

El greylang se veía lleno de nuevas cicatrices por todo su cuerpo, producto del ataque de los de su clase; a su vez el blanquecino ojo carente de pupila, cortesía de Carlos, resaltaba sobre todo lo demás.

– ¡Carlos! – Gritó Iadrael para ayudarlo a salir del trance en el que se encontraba, mientras luchaba con la imperiosa necesidad de intervenir, a pesar del pacto que había hecho 150 años atrás, el cual le impedía ayudar a su amigo en esta situación. Con esfuerzo se controló y alejó de la línea de combate.

El joven se cubrió con un manto de aura cada región de su cuerpo a toda prisa, mientras observaba como el aura endemoniada de su enemigo, se movía como miles tentáculos deseosos de atrapar y consumir la vida hallada a su paso.

- ¡Carlos tú puedes! ¡Puedes hacerlo! ¡Materializa! - Gritó con angustia y convicción. Pero, sobre todo, para hacerle entender que no estaba solo.

Carlos visualizaba una espada con un mango largo y de doble filo, mientras moldeaba el aura en rededor y sentía el material de acero en su mano. Al crearla, el peso del arma le hizo ir hacia adelante, lo cual corrigió inmediatamente incrementando el flujo de energía a su espalda, brazos y piernas.
La bestia aceleró su paso haciendo temblar el suelo y el alma del joven con sus rugidos vesánicos; cada segundo el monstruo se hacía más rápido y su rival ni siquiera podía percatarse de ello. La distancia que separaba la vida y la muerte de Carlos se hacía cada vez más corta.
El temor de Iadrael se acrecentaba cada fracción de segundo en el que el greylang avanzaba, y él continuaba pasmado del terror. A punto de quebrantar sus votos, el elfo reunió una gran cantidad de aura en sus piernas para saltar directamente a su ayuda, pero fue demasiado tarde; el greylang se lanzó con sevicia a arrancarle la cabeza a su enemigo de un mordisco.
Basado en la experiencia en el combate que Carlos tenía al haber practicado por dos años artes marciales chinas, su cuerpo se movió de forma autónoma para protegerlo, blandiendo la espada de acero entre las mandíbulas del engendro y él, deteniéndolo *ipso facto*.

- ¡Crink! - Crujió la espada al hacerse pedazos por la mordida del greylang, a la vez que volaban fragmentos del metal en todas direcciones.

Carlos dio un salto hacia atrás para huir y guardar distancia a medida que obtenía tiempo para crear otra espada. Pero su enemigo, poseía mucha más experiencia y anticipó sus movimientos; en el instante en que él tocó el suelo con sus pies, la abominación se hallaba a escasos centímetros de este y le había asestado un intenso golpe con sus garras a la altura de su espalda, atravesando el manto de aura que le protegía y perforando de lado a lado su riñón izquierdo.

Tras recibir este golpe, Carlos salió volando varios metros y cayó al suelo generando un desagradable sonido óseo.

La aflicción lo paralizó, quería gritar de dolor, pero este era tan fuerte que no podía pronunciar una sola vocal. En posición fetal llevó su mano a la herida para evitar la hemorragia, pero esta provenía de ambos lados.

Su sufrimiento le hizo temblar con estridencia, su boca salivaba sin cesar y sus pies se movían de un lado a otro. Lo único que podía hacer era sentir el cálido líquido carmesí escurrirse por sus dedos.

En medio de su padecimiento, su mente abandonó su cuerpo y se concentró en la verdad irrefutable: estaba a punto de morir. Al fondo, los gritos desesperados de Iadrael se perdían antes de llegar a la consciencia de Carlos, ya no podía ver o escuchar, no obstante, sintió a través del aura el sufrimiento de su amigo.

Durante muchos años él estuvo luchando por encontrar un sentido a su vida, quizás en realidad nunca buscó un sentido para vivir, sino una excusa para morir. En cualquier caso, sólo con la presencia de alguien, esta tortuosa pregunta dejó de retumbar en su mente y esa persona era Andrea, pero ella ya no se encontraba con él. Lentamente se entregó al sonido agudo de la inconsciencia y cerró con lentitud sus ojos, llevaba mucho tiempo cansado... era hora de descansar.

La impotencia de Iadrael era inconmensurable. Ante sus ojos yacía su mejor amigo y mentor en una profunda agonía. Quería salvarlo más que a nadie, pero había prometido no ayudarle independientemente de lo que le ocurriera. Sus manos temblaban de indignación, pero su profunda admiración por él, le llevó a caer arrodillado y dejar que sus lágrimas rodaran por sus mejillas, en el momento sólo podía hacer dos cosas: llorar de impotencia y creer en él... después de todo, fue él mismo quien 150 años atrás le pidió no intervenir.

Carlos se encontraba de nuevo en aquella blanca, pura e inmutable habitación. Su ser se desplazaba parsimoniosamente en ausencia de pies o cualquier miembro de su cuerpo físico, por un pasillo inexistente donde cada "paso" dado le conducía al olvido y a la plenitud y, cuyo único objetivo era seguir avanzando hasta la puerta etérea del no retorno.

- Hey. - "Escuchó" Carlos. Por un momento, todo se detuvo y dio un "paso" hacia atrás. Su cuerpo se materializó y con él todos sus sentidos, pudiendo ver quien se encontraba en frente suyo.

Allí estaba ella, la mujer más hermosa de su mundo y de la que Carlos conocía cada centímetro.

- Por fin dejaste de usar ese horripilante chaleco. - Dijo con picardía, jocosidad y su patológica sinceridad.
- Andrea. - Pronunció con calma y sorpresa sílaba por sílaba.

Su sonrisa cálida y sus ojos expresivos le miraban con ternura, Carlos no podía creerlo, la mujer que amaba estaba de nuevo frente a él vistiendo un hermoso y ligero vestido blanco de tiras, las cuales eran cubiertas con su ondulado cabello azabache.

- Te ves cansado, Lindo. - Pronunció con dulzura haciendo hincapié en su apodo.
- Yo... yo, he estado perdido... sin ti, siento que no puedo más... estoy cansado. - Musitó con sosiego cada oración.

Andrea tomó sus manos, las besó y llevó hacia su cintura, acercó el rostro de él con sus cálidas y tiernas manos y lo besó. No importaba si estuviera vivo, muerto, en un mundo o en el otro, los besos de Andrea jamás los olvidaría.

- Siempre puedes más. Inténtalo. - Pronunció viendo directo a sus ojos con una diminuta sonrisa colmada de amor.

Ambos no podían apartar la vista del otro, de nuevo se encontraban en el sortilegio del amor. Carlos seguía sin creer que ella estuviera allí con él. Podía sentir su calor, su fragancia y cada ápice de su ser.

- Debes luchar mi amor, debes cumplir una gran labor aquí. No puedo permitir que te vayas. Debes continuar. - Dijo mientras acariciaba su rostro y sus ojos se posaban en los labios de él.

- No... yo sólo quiero estar contigo, nada más. Por eso te he estado buscando. - Dijo mientras la llevaba a su cuerpo para abrazarla.

Andrea tomó las manos de Carlos y las llevo hacia su pecho.
- No necesitas buscar lo que no has perdido. - Expresó con amor.
- ¿Por qué te fuiste? - Dijo mirando hacia al "suelo".
- Tuve que hacerlo. Prometo que te lo diré la próxima vez. Por ahora debes luchar. -
- No puedes morir aquí, si sucede, nunca más podríamos estar juntos. - Dijo con preocupación, llamando así la atención del joven.

Con las manos de él sobre su pecho, le pidió que prestara atención y dijo:
- En la torre más alta, en la tierra consumida por la frialdad del hombre, el gobernante oscuro duerme extendiendo el terror con su torre. Con las cadenas del olvido y los barrotes de la soledad, aguardo tu venida, en el punto más alto, en la noche más fría. - Recitó la bella mujer.

Carlos comprendió el mensaje y no podía creerlo, Andrea se encontraba de nuevo a su alcance, sin importar que este no fuera el mundo en que ambos se conocieron o que, en él la fantasía era realidad y la ciencia fuera ficción.
Lentamente Carlos fue abandonando la "habitación" y, con ella, a Andrea; sin embargo, antes de irse la apretó con fuerza hacia sí y la besó de nuevo. - No vuelvas a irte, espérame allí. Volveré, lo prometo y cuando regresé tú vendrás conmigo. - Habló con suma convicción mientras le señalaba y era alejado gradualmente de ella.
Andrea permanecía estática observándolo con una tierna sonrisa de medio lado y le miraba con tristeza.
El olor a óxido de hierro de la sangre, reemplazó el cálido sentimiento de bienestar de la "habitación" y el incomparable aroma de los besos de Andrea. Sintió a su vez el fuerte dolor en sus órganos lastimados, pero era la mirada de su musa al despedirse lo que más sufrimiento le generaba, se veía triste.

- Iré por ti, lo prometo. - Balbuceo mentalmente.

Iadrael observaba arrodillado como el aura de Carlos, paulatinamente se acumulaba formando un orbe, el cual era el proceso natural en que el alma se desprende del cuerpo y la muerte tomaba su lugar. Sus esperanzas desaparecían lentamente al igual que la vida de su amigo se extinguía.

- Dum... Dum dum, dum dum. - Inesperadamente latió con vigor el corazón del caído, justo cuando estaba a punto de detenerse.

El aura de Carlos presentaba una peculiaridad, la cual la hacía diferente a las demás, puesto que las auras normales se componen máximo de dos colores como la de Iadrael (Blanca - Azul celeste), pero la de él se componía de una base blanca y con ella un sinfín de colores donde predominaba el color índigo.

Iadrael se encontraba estupefacto mientras era testigo de cómo el aura de él se volvía cada vez más grande y le cubría por completo, de su cuerpo emanaba a su vez un humo proveniente sus heridas, el cual cauterizaba el corte en su espalda y abdomen para detener la hemorragia.

Los ojos de Iadrael se llenaban de emoción al ver como poco a poco Carlos se levantaba, hasta quedar frente a frente contra el greylang, el cual, después del ataque permaneció inmóvil esperando que su rival volviera a luchar.

El mundo le daba vueltas, sus manos estaban heladas y sudorosas, había perdido mucha sangre, usó toda su fuerza mental para permanecer en pie, sabía que sus heridas aún no habían sanado por completo y tal vez tenía cerca de cuatro minutos antes desmayarse por la hipoxia.

Éste cerró sus ojos y expandió su aura para sentir todo a su alrededor, sintió a Iadrael, a su enemigo, a las plantas, algunos insectos en el prado y las aves a cientos de metros de donde él se encontraba. Se enfocó en Andrea y su flujo de aura se suavizó como si le envolviera un delicado riachuelo de energía. Miró a lo lejos como si buscara algo y el aura se dispersó en todas direcciones.

Las tres sombras se detuvieron de inmediato al sentir como dicha aura les había tocado. El más experimentado determinó que provenía a menos de seis kilómetros de donde se encontraban.

– ¿Ensō?... Ese elfo es bastante bueno si es capaz de proyectar su aura desde tan lejos. – Dijo uno de ellos mientras llevaba sus manos a sus labios de forma seductora.

– Ensō es una versión mejorada de Sabiduría que permite "ver" más allá de cualquier límite físico. – Pronunció el otro, más interesando en dar a conocer lo que sabía que intrigado por el hecho.

– Todos sabemos que es Ensō, no pierdan más tiempo, vamos por él. – Dirigió con rudeza el líder y desapareció al instante junto con los otros dos.

A través de la nueva habilidad adquirida por Carlos, pudo observar a más de cien kilómetros de allí, la forma de una torre en lo más profundo del horizonte.

– Ahora sé, dónde te tienen. – Su aura se acumuló de nuevo en su cuerpo y creó un manto mucho más grueso que el inicial. El greylang también desprendió una mayor cantidad de energía e iluminó el lugar del amenazante brillo carmesí de su aura.

El elfo no podía creer que, tras 150 años de espera, Carlos había regresado y no sólo de forma física, sino también psicológica y espiritualmente, pues el anterior tenía muchas dudas en su corazón, contrario a éste, el cual a pesar de estar gravemente herido y al borde de la muerte, se levantó para luchar una vez más. Tras esto, recordó a aquel indetenible guerrero que luchó junto con su padre en la caída de Mihrael y tras un largo período de espera se encontraba con él cumpliendo su promesa.

Con paciencia, remangó los puños de su camisa y organizó el cuello de esta. Adoptó su postura de combate y de sus manos emergieron con un hermoso brillo, un par de alfanjes robustas las cuales exhibían un tenebroso filo. Toda su aura se compactó a su alrededor y con gran confianza le dijo a su brutal enemigo:

– No hay tiempo que perder, comencemos. –

Capítulo X
Convicción

Los húmedos túneles de piedra eran decorados con los sistemáticos pasos de las mujeres, prófugas de un peligro desconocido.

- Rápido Sally, por aquí. - Se escuchó con un tremendo eco que viajó por la innumerable cantidad de desvíos de la red de túneles que formaban un indescifrable laberinto.

- ¿Cómo sabes que es por aquí? - Inquirió generando otro eco acompañado del sonido de las gotas que caían del techo e impactaban a Eli en su cabellera, provocando en ella movimientos aleatorios para evitarlas como si se trataran de moscas.

- El libro se mueve siempre en una dirección diferente como si nos indicara el camino. - Esto llamó la atención de Sally, puesto que pensó que dicho libro podría tener la misma magia que la de aquel diario.

- Eli, quiero verlo. Dámelo. - Ordenó.

- No hay tiempo, tenemos que seguir, no podemos detenernos. -

Entre las dos hubo un silencio incómodo y, aunque tenían muchas cosas en común, sus prioridades eran distintas. Sally constantemente miraba con recelo el objeto de interés que portaba Elizabeth y ella a su vez sentía la necesidad de evitar que ella lo tomara, mas no por egoísmo o recelo sino porque sentía que si se distraían, aunque fuera por un segundo, conocerían lo que hizo retroceder a Dominus en la tienda.

El enmascarado avanzó con osadía hacia la multitud enfurecida, la cual le esperaba con un sinnúmero de armas y la firme intención de matarlo, pese a esto, ninguno de ellos pronunciaba palabra alguna o le miraban directamente, en realidad todos ellos se movían de forma maquinal exactamente igual: cabizbajos, observando el suelo, con los brazos levantados y los antebrazos colgando con las armas empuñadas.

Como un enjambre de abejas, los habitantes de la calle de los sacos blancos se abalanzaron contra el hombre de vestiduras negras. Éste blandió su extensa catana y en el aire los cortó en tantos pedazos como pudo antes de que cayeran al suelo como un conjunto de torsos, brazos, piernas y cabezas rodantes.

El espadachín observó su arma y esta se encontraba limpia, al igual que el suelo; incluso los miembros cercenados de sus enemigos no emanaban la más mínima gota de sangre. Dicho esto, avanzó con presteza sobre otro conjunto de las más de cien personas que se encontraban frente a él y los cortó a la mitad con un veloz giro; algunos de ellos lograron cubrirse con sus armas produciendo un destello amarillo de chispas al entrar en contacto con la catana aserrada. Los caídos nuevamente exhibieron los mismos patrones que los anteriores; no contenían la más mínima gota de sangre o manifestaban algún rastro de dolor.

    - ¿Marionetas? (...) Busqué durante todos estos años este lugar para convertirlo en la tumba de todos ustedes, y en cambio me reciben con unos patéticos juguetes endebles. - Habló por medio del aura con Dominus.
    - Al igual que la mosca subestima la red de la araña, menosprecias mis habilidades tras más de doce años de entrenamiento, prometo convertir esta ciudad en la fosa de tu cadáver. - Respondió Dominus, promovido por la ira.

Al terminar de hablar, las marionetas rodearon al hombre de negro; con decepción envainó su aberrante arma y esperó con los brazos cruzados como desde diferentes ángulos, estas lanzaron poderosos cortes para acabar con su vida, los cuales ágilmente y sin dar más que unos cuantos pasos, los esquivó y pulverizó sus cabezas con las manos desnudas en cuanto le dieron la espalda.
En escasos minutos, el enmascarado había destrozados más de cincuenta marionetas usando sólo sus manos, pero a medida que su número disminuía, estas se hacían más rápidas y fuertes. Al notar esto, el hombre de negro tuvo que usar ambas manos y abandonar su postura con los brazos cruzados, para atacar y cubrirse al mismo tiempo.
El sonido de las hojas metálicas cortando el aire, opacó el sonido de la brisa proveniente de la playa a escasos kilómetros de la ciudad. Dominus permanecía inmóvil en su tienda completamente concentrado en mover todas sus marionetas para acabar con la vida de aquel intruso. Mientras tanto, las chicas continuaban bajando por la ruta secreta para huir de la ciudad.

- Aún están muy cerca, necesito que estén más lejos para poder asegurar su escape... - Pensó preocupado el anciano.

- Siempre has dudado Dominus, por eso mi catana cortará tu cuello y hará rodar tu cabeza. - Dijo jactándose.

Dominus ignoró su comentario y lanzó las menos de treinta marionetas en un ataque conjunto contra él. Al verse acorralado, desenvainó su catana rodeada de aura y cortó los cuerpos e incluso las armas de quienes le atacaron, cayendo en llamas a su lado. No obstante, sólo dos marionetas permanecieron inmóviles y alejadas de la masacre de las demás; una portaba una bisento y la otra un machete con el revés aserrado.
Al culminar el exterminio de las demás marionetas, el enmascarado concentró su atención en las dos faltantes.

- Intere... - Recibió por respuesta un veloz machetazo de una de las marionetas, el cual logró cubrir con el uso de su catana y ambos manos. Del otro lado, la segunda acometió con una estocada de su bisento a la espalda. Éste se percató del ataque a través del aura que le cubría y lo esquivó agachándose justo a tiempo, pero recibiendo una patada en el rostro por parte del usuario del machete, arrojándolo sin control contra una pared del bazar, la cual atravesó volviéndola pedazos y haciendo caer el resto de la estructura sobre él.

Las dos marionetas se reunieron y esperaron de nuevo frente a la edificación: con sus brazos levantados horizontalmente, sus antebrazos colgando con sus armas y sus miradas fijas en el suelo.
El polvo, el craqueo de las tejas y los ladrillos cayendo, era lo único que se percibía del interior de la casa. Gradualmente una figura se divisó entre el caos del lugar, pero esta desapareció generando un remolino entre el polvo, para surgir instantes después al lado de la marioneta que portaba la lanza preparado para dar un corte con su catana cargada de una inmensa cantidad de aura negra, al mismo tiempo, una red de hilos azules le detuvo en el aire.
El enmascarado usó Sabiduría y notó como todo su cuerpo estaba lleno de hilos azules, los cuales le restringían completamente sus movimientos.

- Eres mío. - Aseguró victorioso Dominus.

La bisento de la marioneta se manchó con la sangre del enmascarado al atravesarlo sin misericordia.

- ¿Cómo cruzaste La Puerta, Lacros? - Preguntó Dominus.
- Ese no es mi nombre... - Dijo indignado.

La lanza de la marioneta se hundió con mayor profundidad en su cuerpo.

- No volveré a preguntarlo, prefiero matarte y quedarme con la incertidumbre. - Amenazó.
- Entonces hazlo. - Terminada la oración, la marioneta del machete cortó su cabeza de un golpe limpio: esta impactó en el suelo y la máscara que portaba cayó a un lado dejando su rostro descubierto.
- ¿Qué es esto? - Inquirió confuso Dominus.

El rostro en el suelo correspondía al de un anciano con un avanzado estado de descomposición.

- Demasiado ingenuo. - Respondió con su voz sombría el enmascarado al otro lado del bazar.

Las marionetas giraron maquinalmente y se arrojaron contra él a gran velocidad, la primera lanzó una estocada, mientras la segunda se aproximaba a su retaguardia para decapitarlo; éste tomó la lanza con la que fue atacado moviendo el cuerpo de su dueño a su posición original para que la otra marioneta le cortara su cabeza, luego tomó el extremo de la lanza y empaló a la otra con presteza. Todo esto en menos de un segundo.

- Nigromancia... te has convertido en un monstruo. - Espetó con desprecio.
- Los continentes oscuros poseen unos conocimientos sobre el aura un poco... antinaturales. - Pronunció vanagloriándose a sí mismo. - Por otro lado. - Continuó. - Una ciudad hecha completamente de aura, es impresionante. No sólo eran los habitantes, la mercancía, sus armas, también eran los edificios, las calles, todo. Has ganado mi reconocimiento, te catalogaré como un

usuario clase A^{++}, un verdadero logro. - Dijo con parsimonia, mientras salía de nuevo de las sombras exhibiendo su rostro carente de máscara.

- ¿Cómo te atreves a usar su rostro! - Gritó indignado a través de su aura.

- Usas las cabezas de tus marionetas para observarme, eres talentosamente cobarde. De cualquier modo, esta es una máscara, jamás aceptaré tener un rostro como este. - Dicho esto, tomó del suelo su máscara blanca y se la puso. - Este es mi verdadero rostro. - Finalizó.

- Tienes demasiada aura dispersa en este lugar, si de verdad quieres matarme, deshaz este teatro y ven aquí. - Le retó.

Tras meditarlo por unos segundos Dominus aceptó con gallardía: - Tienes razón, lucharé con todo. - Al instante, el suelo comenzó a temblar y todas las cosas en la calle de los sacos blancos y en la ciudad, empezaron a desvanecerse en un hermoso polvo azul brillante.

Los túneles las llevaban hacia arriba y hacia abajo, hacia la izquierda y derecha. Desde cualquier punto de vista parecían estar perdidas y Sally era la más consciente de ello. Mas no Eli, ella se veía absolutamente confiada respecto al camino que estaban tomando.
A medida que avanzaban las paredes parecían volverse más babosas al igual que el suelo, dando la impresión de que ya no tocaban piedras con sus pies, sino una especie de piel animal muy dura. El líquido proveniente de las paredes y techos se hacía tan grande, que en varias ocasiones amenazaron con apagar las antorchas que ambas portaban.

- Eli háblame, ¿dime de qué o quién estamos huyendo? ¿Qué pasa? ¿Por qué dejamos a Dominus? - Su voz empezaba a temblar.

- Dominus conocía a nuestros padres, él fue quién nos trajo aquí en primer lugar. Debía darnos información de todo lo que está ocurriendo, sabía sobre lo que sucedió hace doce años, del Imperio y de la desaparición de tus padres. - Esto último retumbo en su cabeza.

- Entonces deberíamos devolvernos y hablar con él. - Dijo con ingenuidad.

La blonda tardó un segundo en responder. - Sally, creo que no lo volveremos a ver. - Dijo con tristeza deteniéndose por primera vez.

- No sé qué hay allí arriba, pero lo que sea, está fuera del alcancé de Dominus, ese ser emana una terrible sensación de muerte. - Dijo mientras presionaba el libro contra su pecho.

Desde niña, Elizabeth poseía una especial habilidad que le permitía saber dónde estaban las cosas o las personas. De esa manera, ella era infalible en algunos juegos como en *escondite americano*, donde huía de los niños que no le gustaban, pero se dejaba encontrar de los que quería besar. Con el tiempo, su habilidad le permitía sentir también la maldad o la bondad de las personas. Pero lo que sentía en ese momento, era a un ser sin propósito, sin ambición y miedos, sin odio y sin amor, ni hosco, ni afable, era la majestuosidad de lo insondable.
Lo único que podía decir de él, es que era inconmensurablemente poderoso y temible. Trató de decirle esto a Sally, pero sabía que le generaría más miedo que otra cosa, así que acarició su rostro y la miró directamente a sus ojos heterocrómicos.

- Mi cielo, Dominus está luchando por nosotras, sino seguimos adelante, todo el esfuerzo que está realizando será en vano. ¿Te parece si aceleramos el paso? - Sally le miró casi con sus ojos llenos de lágrimas y asintió.

Al momento de comenzar a correr, el suelo empezó a temblar con fuerza, la red de túneles empezó a converger formando un único camino frente a ellas, luego el suelo comenzó a inclinarse hacia adelante y a tornarse muy liso. Ambas perdieron el equilibrio yéndose de espaldas contra el suelo, sus antorchas se apagaron y muy lentamente fueron deslizándose por el mismo.
Elizabeth dejó salir un gran - ¡Iuuuuuuugh! - de su boca al tocar con sus manos y sus glúteos descubiertos el líquido baboso del suelo.
Sally intentó aferrarse de algún ladrillo saliente de la pared, pero dichas paredes ya no existían, en su lugar, había un tejido viscoso del que era imposible agarrarse. El túnel se había transformado por completo; ahora era un cilindro viviente del cual podía sentirse un ritmo cardíaco.
Elizabeth fue la primera en gritar al deslizarse sin retorno por la pendiente, seguida de Sally, la cual se deslizó moviendo sus miembros en todas direcciones para tratar de detenerse; sin embargo, no tenían

potestad para hacerlo, estaban condenadas a llegar hasta el fondo para poder sobrevivir.

La ciudad entera desaparecía por completo dejando en su lugar un infinito número de esferas azul brillante, poco a poco las edificaciones se desvanecieron, así como las calles y los cuerpos de todas las marionetas creadas para hacer sentir a Elizabeth y a Sally, como en un lugar normal y llevarlas hasta su hogar.
El hombre enmascarado caminó con calma entre todo el polvo del lugar y llegó hasta la única construcción que no había sido creada con aura, en la parte superior se leía "*Cantos de Rinneham*"; de ella salió el anciano Dominus con su turbante y túnica.

– Este lugar tiene un gran significado para mí. Apreciaría que combatiéramos en otro lugar. – Reclamó con gentileza.

– No importa el lugar, tienes derecho a elegir el suelo que pisarás por última vez. – Respondió con indiferencia.

La inmensa cantidad de esferas azules crearon una nube artificial de un azul intenso, la cual iluminó la noche que estaba próxima a llegar.
Tras caminar varios minutos, se alejaron lo suficiente del lugar. El enmascarado tomó la funda de su catana con su mano derecha para poder blandirla con la zurda y esperó a su rival. Dominus se quitó el turbante y vendó sus manos con él.

– Qué decepción, en otra época habría disfrutado matarte, pero ahora sólo eres un anciano. –
– Crear una ciudad como esta, significó una carga física y emocional muy grande, así que mi cuerpo se consumió rápidamente. – Explicó. – No obstante, sólo fue estéticamente. – Al terminar, dejó caer su túnica, tras ella, el cuerpo de éste era el de un magnífico atleta. Cada músculo estaba completamente desarrollado y fortalecido, físicamente había alcanzado la cima del entrenamiento corporal.

Se irguió de medio lado y con una mano en su espalda y la otra apuntándole le dijo:
– Ven, mocoso. –

Los gritos de Elizabeth retumbaban mientras continuaba deslizándose, Sally ya no podía gritar más, sentía que sus cuerdas bucales se iban a desgarrar si lo volvía a hacer, ahora lo único en lo que pensaba era lo que iba a suceder cuando llegaran al final del camino.

Tras cinco extensos minutos de caída se observó luz al final del túnel, Sally avanzó hacia Elizabeth para tomarla de la mano, ellas dos eran amigas inseparables, prácticamente hermanas, independiente del destino que la una fuese a sufrir, la otra le acompañaría.

Al terminar el camino, salieron volando tomadas de la mano y aterrizaron en un enorme y helado lago. La rubia se preocupó demasiado por lo que el agua pudiese hacerle al libro y rápidamente nadó a la orilla acompañada de su amiga.

- ¿Qué putas fue eso? - Dijo Elizabeth.
- No tengo idea, pero parecía el interior de un animal... oh, Dios mío, ¡qué asco! - Respondió mientras se dirigía al lago a lavarse las manos.
- Debería haberme dado más asco a mí por haberles permitido entrar en mi interior, humanas mugrosas. - Dijo una colosal serpiente que al igual que ellas, había salido del agua para alcanzar la orilla.

Sally se desmayó y Elizabeth quedó petrificada.

- Dominus me pidió que les ayudara a salir de la ciudad, así que aproveché que estaban en la red de túneles para camuflar mi cuerpo con aura y hacerles entrar en mi interior. - Comentó la serpiente.
- ¿Entonces entramos por tu recto y salimos por tu boca? - Inquirió a punto de vomitarse.
- Ustedes los humanos son asquerosos, les hice entrar a mi boca, en ella mi saliva las hizo alucinar. - Dijo indignada la serpiente.
- ¡¡Entonces nos drogaste!! - Respondió aún más indignada Eli.

Sally despertó y observó a su amiga y al gigantesco reptil discutiendo. Tardó unos minutos en espabilar, se incorporó y guardó distancia con la serpiente mientras le observaba atónita.

- ¡Eli! ¿Qué haces? - dijo con la antagónica combinación de un susurro y un grito.

- ¡Hola! Ven, tengo que presentarte a Uro... Uro... - Miró de nuevo a la serpiente y esta le dijo: - Uroboros. - Eso mismo. - Dijo sonriente.

- ¿Cómo puedes estar tan tranquila? Hay una serpiente enorme en frente tuyo. - Dijo mientras agitaba sus manos con violencia y no perdía de vista ni por un segundo al bífido ser.

- No lo sé, sentía que ya la había visto antes... - Dijo mientras tocaba su labio con una de sus manos, fruncía su ceño y miraba hacia arriba.

- Todas ya nos conocíamos, sólo que eran demasiado jóvenes para que me recordaran, sobre todo tú Sally, siempre me tuviste miedo. -

- Un momento, ¿cómo es que podemos hablar contigo, ni siquiera abres la boca para pronunciar una palabra? - Dijo dando un paso hacia ella.

- Estamos usando Sabiduría a través del aura. Dominus debió haberles explicado eso. Sus padres son excelentes usuarios, tal vez por eso ustedes nacieron con grandes aptitudes para el aura y lo usan sin darse cuenta. -

- ¿Uroboros, tú conoces a mis padres? - Preguntó con precaución.

- Todos conocen a tus padres, después de todo, ellos son quizás, unos de los usuarios más poderosos de ambos planos. -

- ¿A qué te refieres con planos? - Intervino Elizabeth.

- Existen infinidad de planos en lo que llamamos el Manto de Yggdrasil, pero sólo unos pocos de ellos están conectados. Éste mundo está conectado con otro, un mundo sin nombre, donde existe una fuerza que permite a no menos del 1% de todos los seres vivientes, usarla para manifestar todos sus deseos en el mundo físico. -

- Yo provengo de ese mundo, al igual que Dominus, ambos huimos con tus padres para escapar de ese mundo destinado a la destrucción. Pero por desgracia, uno de nuestros enemigos también cruzó el Nexo y sumió a este mundo en la oscuridad, creó al Imperio y acabó con quienes osaron levantarse contra él. -

- ¿Eso fue lo que le sucedió a todo el continente de América? - Preguntó Eli.

- Correcto; sin embargo, el Nexo es muy pequeño y los seres superiores no pueden cruzarlo. -

- ¿Superiores respecto a qué? - Interrumpió Sally.

- Existen seis clases de usuarios; la clase F, en donde entrarían ustedes, los D, en donde me encuentro yo, los C, quienes poseen habilidades de combate superiores; los B, quienes manipulan el aura para superar toda clase de límites; los A, cuyas habilidades de combate y manejo del aura los hace extremadamente peligrosos, pues su potencial ronda entre lo absurdo y finalmente los S, cuyas habilidades son completamente superiores a las demás clases y son prácticamente invencibles. -

- Gilgamesh, el emperador, sólo era un usuario de clase A y el más débil de los Trece, pero al igual que Dominus, quien ha estado entrenando en este lugar por doce años y ha ascendido a la categoría A, creemos que el emperador podría ser clase A^{+++} o un clase S. Este mundo posee algo que fortalece a los usuarios. Por esa razón, Los Trece buscan atravesar los planos y alcanzar el poder infinito. -

Eli, se mostró sumamente interesada. - ¿Dominus me habló de Los Trece, pero no tengo claro en sí quiénes o qué son? - Preguntó.

- Ellos son los usuarios más fuertes, se dice que su nivel está más allá de la clase S y son descendientes directos de los dioses.

- ¿Cómo es que nuestros padres están mezclados en todo ese asunto? - Dijo mientras tocaba su cabellera rubia con desespero.

- No lo sé... pero ahora son nuestra única esperanza. Eso es todo lo que puedo decirles. -

- ¿Sabes dónde están mis padres? - Preguntó sin saber realmente si quería tener la respuesta o no.

- Sí. - Respondió callando por un momento. - Están en el otro lado. - Dicho esto, la serpiente miró por la cascada de donde habían salido y esperó a la señal de Dominus.

Sally permaneció callada, no sabía qué decir, por un lado, había llevado una vida casi normal y jamás había escuchado del aura o de usuarios. Veía al Imperio como una dictadura que se había apoderado del mundo, mas no como un ser de otra dimensión que vino a preparar al mundo para la llegada de otros seres mucho más poderosos. No sabía qué pensar, todo era demasiado fantástico como para ser digerido; por otro lado, había visto un libro que brillaba y bebía de su sangre, y caído por unos túneles que luego se transformarían en la boca de una serpiente colosal parlante, además del hecho que sus padres eran héroes legendarios. Como neurocientífica se dictaminó epilepsia del lóbulo temporal y dio fe a que todo lo vivido ese día, provenía de una convulsión de la que pronto despertaría amarrada de brazos y pies en un centro psiquiátrico.

Las huracanadas ráfagas de viento transportaban las arenas de la playa cercana, a la planicie iluminada por la áurica nube azul en la noche de Luna nueva, donde sólo dos sombras podían divisarse en el extenso terreno baldío de la tumba de uno de los dos.

Sin preámbulos, el enmascarado dirigió un corte letal a la cabeza de Dominus, este se agachó y el potente viento generado del espadazo provocó un remolino en la arena, del que el anciano aprovechó para ocultarse en ella.

Con presteza envainó su espada, envolvió su brazo con una gigantesca esfera de aura negra y golpeó el suelo provocando un ligero terremoto en la zona, para hacerle caer y poder matarlo antes de levantarse. Un segundo estruendo sacudió el lugar al enterrarse la cabeza del enmascarado contra el suelo por un puño proveniente de Dominus que caía del cielo, seguido de sendos más, los cuales desquebrajaron el suelo y abrieron un agujero, exponiendo una cueva subterránea bajo ellos, donde el enmascarado cayó sin control.

Dominus tomó distancia del agujero, sabía que eso no lo detendría. Al finalizar su pensamiento, el suelo cayó en pedazos envueltos en llamas con cortes rectos. Una segunda explosión sonó detrás de Dominus, acto seguido, su contrincante le propinó una serie de cortes sobre su cuerpo y pateó su rostro aventándolo contra el suelo con brutalidad.

La máscara de este se había roto dejando su rostro un poco descubierto. Con delicadeza tomó algo de arena con su mano y aplicando su negra energía sobre ella y la máscara, la reparó. Envainó su catana y dio la espalda al cuerpo de Dominus.

– ¿Eso es todo lo que tienes? – Reclamó el anciano poniéndose de pie con ligeros rasguños sobre su piel, pero trasquilado en su extensa barba y cabello.

Sin importar que aquel individuo portara una máscara, su expresión de asombro debajo de ella podía distinguirse con facilidad. Giró su rostro con cautela hacia su "fallecido" rival y con él, el resto de su cuerpo. Le miró con desprecio y sujetó su catana para sacarla en cualquier momento.

- En realidad sólo tardé tres años en construir todo este lugar, el resto del tiempo decidí usarlo para perfeccionar mis habilidades cuerpo a cuerpo. -
- Tetsunohaken, también llamado Hak. Al parecer no sólo yo me convertí en un monstruo, Dominus... Ahora tienes la piel más resistente que el acero. -

El cuerpo de Dominus se tornó completamente negro y con un brillo metálico, desapareció su rostro y sólo el blanco de sus ojos permaneció inalterado. Su adversario se preparó y alistó su arma.
Ambos avanzaron con la intención de acabar con el otro de un golpe, las chispas de la batalla iluminaban la zona; los golpes del anciano eran detenidos con la catana del otro, y este intentaba cortarlo con su arma, pero a cambio recibía un destello incandescente al tocar su piel. Cada uno ejecutaba movimientos más complejos para derrumbar la defensa del otro. Tomaban distancia y se atacaban con todas sus fuerzas, pero ninguno de los dos cedía ante los letales ataques del contrario.
Tras un poderoso golpe sobre la catana del enmascarado, ambos se separaron y evaluaron su situación. El cuerpo del anciano regresó a su normalidad. Su enemigo, permanecía de pie, pero era notable su agotamiento.

- ¿Tan pronto quedaste sin fuerzas? - Se jactó.
- Nada de eso, sólo es un cambio en la estrategia. - Mencionado aquello, levantó sus manos paulatinamente y de ellas se observó una serie de hilos azules que se templaban en dirección al suelo.

El hombre de negro desenvainó su catana y su aura negruzca emanó de él como si fuera fuego. El suelo comenzó a vibrar cada vez más con fuerza, cuyo epicentro era exactamente el lugar donde se encontraba el enmascarado. Sin pensarlo, dio un gran salto para alejarse del suelo, de donde emergió un gusano gigantesco con la forma de una lamprea. El espadachín giró en el aire dejándose caer sobre el engendro con su espada preparada; sin embargo, calculó mal la distancia y fue engullido completamente.

Dominus sonrió por un segundo, pero luego su rostro se cubrió de sorpresa al ver como su marioneta caía en pedazos por cortes realizados desde adentro. Con prontitud agitó sus manos y de todas direcciones vinieron más de estos seres, para atacar al guerrero oscuro sin darle tiempo para descansar de su batalla con la anterior criatura.

Este corría en todas las direcciones para escapar de las embestidas lanzadas por las bestias, las cuales habían dejado el suelo completamente lleno de agujeros y de donde era imposible conocer con certeza de donde provendría el siguiente ataque de los gigantescos gusanos.

La piel de estas criaturas creadas con aura, era demasiado dura como para ser atravesada por la espada del errante negro. Esto le obligó a ser precavido y concentrarse en esquivarlos.

Los síntomas del agotamiento en Dominus eran notables, el sudor cubría completamente su rostro, sus manos temblaban sin parar y el permanecer de pie le era una tarea extremadamente compleja. Crear criaturas como las que estaba manipulando era un costo demasiado alto para su alma, sabía que, si continuaba más tiempo luchando contra él, de una u otra forma, moriría.

El enmascarado notó como el aura de éste se hacía menos intensa, intentó esquivar a los gusanos y se dirigió para asesinarlo de un solo golpe; sin embargo, sus cazadores le interceptaron con sus cuerpos e intentaron devorarlo, obligándolo a retroceder.

- Dominus, este juego me está molestando, aunque disfruto de cazar, ya les he dado demasiada ventaja a ellas dos. Esta vez, tengo la intención de cortarte en serio. - Dijo tajante mientras caminaba con calma alrededor de los agujeros y su masiva aura oscura le envolvía.

El suelo tembló con furia, pero éste pareció no afectarle en absoluto aquel hecho y continúo caminando con tranquilidad. Al mismo tiempo cuatro gusanos le rodearon y atacaron con sus mandíbulas con voracidad. No obstante, al acercarse demasiado a él, éstos se encendieron en unas violentas llamas negras-violetas.

Las cuatro criaturas cayeron muertas y el fuego se hizo mucho más intenso. Aquel misterioso fuego no producía luz, la absorbía; dejando un rastro de oscuridad perpetua en el lugar que se iniciara.

El aura incendiaria consumía casi todas sus fuerzas, al punto de matarlo si las usaba por mucho tiempo, por ende, al destruir aquellas marionetas, deshizo su habilidad con urgencia y siguió su camino con naturalidad.

- Pude acabar esto hace mucho tiempo, pero quería divertirme un rato. - Confesó con jocosidad. - Pero ya me aburrí. - Finalizó con una voz cargada de desprecio.

Los hilos de las manos de Dominus se rompieron, sus marionetas habían sido destruidas. Con sus manos limpió el sudor de su frente y luego secó sus manos con su pantalón rasgado.

- Pareces algo enojado, Lacros. - Dijo el anciano tratando de probar que no le faltaba el aliento.
- ¡Ese no es mi nombre! - Dijo haciendo énfasis en cada palabra de la oración con furia.

Promovido por la incitación de Dominus, el enmascarado lanzó una estocada con tal velocidad que una serie de vientos huracanados golpearon todo el lugar y amortiguaron el agudo sonido de la carne siendo cortada por el filo de su catana.
Con lentitud, el arrítmico sonido de las gotas de sangre chocando con la arena, ambientaron la escena iluminada por aquella hermosa nube azul preludio. Gradualmente el sonido se hizo más frecuente y los pasos del afectado se daban en todas direcciones para tratar de mantener el equilibrio y no desmayarse.
El enmascarado había logrado atravesar limpiamente al anciano, su abdomen perforado dejaba fluir su valioso líquido vital.

- La muerte está aquí. - Susurró en sus oídos.

Dominus miró hacia donde éste señalaba y allí la encontró; una mujer de alta estatura con cabellos largos, sombríos ondulados y caóticos, y con una calavera por rostro; su túnica conformada por un humo espeso y negro, se ondeaba en la dirección del viento. Su cuerpo parecía estar encima de su guadaña, la cual tocaba el suelo exponiendo su curvatura y su filo hacia arriba. Quieta, sin decir o hacer algo, se dedicaba a observar mientras reía sin voz.

- Es tu hora... viejo amigo. - Dijo con ironía mientras con sevicia retiraba suavemente su catana.

- Nunca fuiste mi amigo. - Comentó. - Y ella no sólo está aquí por mí. - Le corrigió con dificultad al hablar.

Con toda su fuerza endureció su abdomen con Hak e inmovilizó la catana en su interior. El enmascarado intentó retirarla, pero le fue imposible: Dominus le había atado una gran cantidad de hilos de aura a su arma y los había envuelto en su cuerpo, al igual que con el cuerpo de él, impidiendo que pudiera alejarse o retirar su espada. Sin escapatoria y sorprendido por el último recurso del anciano, recibió una serie de potentes puños imbuidos con aura y la armadura negra de Hak, los cuales generaron impactantes ondas expansivas que agrietaron el suelo y desplazaban la arena dejando aquel lugar completamente limpio de otra suciedad diferente a la sangre de su rival.

La máscara se deshizo por completo y su rostro recibió sin piedad el merecido castigo. La sangre del espadachín brotaba de su rostro sin cesar y su cabeza se movía sin control en todas las direcciones en la que los puñetazos tenían lugar. Las ondas se hacían cada vez más fuertes al igual que los golpes. Éste intentó desesperadamente cubrirse con sus antebrazos, pero fueron fracturados inmediatamente en múltiples partes por las potentes acometidas del anciano.

Impulsado por sus deseos de huir, dio un paso hacia atrás para alejar su rostro de la inclemente lluvia de golpes. Dominus notó aquel movimiento y con audacia lanzó su mejor patada sobre su fémur, el cual se encontraba con una baja capa de aura, puesto que la mayor cantidad se encontraba protegiendo su cráneo y su cuello. Al instante, el craqueo de los huesos rotos lo inmovilizó.

El enmascarado gritó con su boca llena de sangre y su mirada llena de cólera. El espadachín estaba listo para usarla de nuevo: la siniestra y oscura aura asesina brotó de su cuerpo y se extendió por él con la ferocidad y voracidad de extinguir con su fuego todo aquello que tocara, siendo el cuerpo de Dominus el combustible de las malignas llamas.

Sally había escuchado bastante de Uroboros, ahora estaba convencida de su locura; nada tenía sentido. Se sentó un rato para observar la cascada lejos de las preguntas de su amiga y las respuestas del reptil.

Era evidente que la única que no encajaba en la situación era ella, en realidad siempre había sido así.

De niña intentaba jugar con otros niños, pero estos huían de ella debido a sus ojos heterocrómicos, dado que algunas niñas despiadadas le trataban de bruja y dispersaban chismes diciendo que si la miraban a los ojos se convertirían en perros. Y en efecto era así, sólo que quién les perrunizaba no era Sally, si no la molesta niña engreída Leidy Ospina, a quien el futuro le cobraría con intereses sus actos de bullying, los cuales no detallaré, pero dejaré a su imaginación lo mal que le fue.

Con el tiempo, Sally se aisló a tal punto de las personas que, en realidad las despreció, volviéndose completamente autosuficiente, esto por supuesto, molestó aún más a sus salvajes compañeras. Así que pasaron de la violencia verbal, a la física; de la cual Sally no se encontraba preparada. Las tres niñas la llevaron a un lugar solitario y rodearon para golpearla en el descanso, de repente, una cabellera rubia acompañada de una patada voladora vino al rescate e impactó directamente en la cadera de la líder lanzándola de bruces contra el suelo, lo que hizo volar su dentadura delantera al más allá y generar el pánico en sus abusivas secuaces.

Así se conocieron Sally y Elizabeth, la una demasiado introvertida y tranquila, la otra extrovertida e inquieta. Este recuerdo le hizo pensar que Eli siempre la cuidaba y a veces no le aportaba nada a ella. Al meditarlo se sintió mal por esto, pero no echó a llorar como siempre; se levantó y fue donde ella.

- Uroboros, ¿qué quería enseñarnos Dominus con este libro? - Preguntó con voz imperativa. - ¿Este libro también funciona con sangre? - Completó.

Uroboros la observó con interés, era la primera vez que Sally tomaba la iniciativa en algo y, sobre todo, que le hablaba sin que su voz se desquebrajara.

- La biblioteca de Dominus posee una serie de libros que tu padre te dejó para que entendieras su partida, por lo que escucho, leíste uno de ellos. - Sally, respondió que había leído un diario donde hablaba de lo que llegó ese día hace doce años.

- Gilgamesh, así se llama, es un usuario clase A con una habilidad bastante molesta en este mundo. Tus padres intentaron matarlo, pero también pensaron que, si lo hacían, se abriría más el Nexo y permitiría la entrada de otro de los Trece, así que juntos cruzaron La Puerta. Decidieron regresar para saber cuál es el próximo movimiento de ellos y detenerlos; sin embargo, siempre he pensado que fue una locura. - Habló más para sí misma que para Sally.

- ¿Qué es La Puerta? - Preguntaron las dos chicas al unísono.

- Ambas la han visto, nadie escapa del horror de ver La Puerta. Si desean saber más tendrán que recordarlo, esa fue la condición de Dominus. Miren en sus recuerdos hace doce años. Allí entenderán. - Aseguró la serpiente.

Las dos se miraron y cerraron sus ojos tomadas de las manos. Ambas recordaron el aniversario de los papás de Sally, el calor de ese día, los hurtos de comida de Eli y los nervios de Sally de ser capturada, además de los cariñosos abrazos que la mamá de Sally les brindaba a ambas.
Buscaron y buscaron, pero dichos recuerdos no salían a flote. Uroboros se acercó a ellas dos y susurró para las dos una frase seseante imposible de pronunciar para alguien diferente de su raza.
Una gran cantidad de imágenes vinieron a la mente de ambas, recordaron los ojos sobre el cielo, las manos negras que provenían de las sombras, el horror de aquellos que no pudieron huir y de como aquellos ojos parecían estar obsesionados con ellas.
Las dos cayeron de rodillas y vomitaron. Recordaron el horror de ese día, tanta muerte, desesperación y sufrimiento, tardaron unos minutos en asimilarlo y se pusieron de pie.

- ¿Cómo pudimos olvidar algo así? - Inquirió Sally mientras limpiaba su boca.

- Es la molesta habilidad de Gilgamesh, Oblivion: todo aquel que lo vea y no maneje el aura, lo olvida. Cada vez que alguien lo olvida se hace más fuerte. En este mundo lo han olvidado cientos de millones de personas. Sin embargo, su habilidad tiene dos debilidades, pierde su efecto si la persona aprende a manejar el aura o muere. Es por eso, que el mundo parece no haber cambiado, necesita tenerlos a todos vivos, sólo así asegura su poder en este mundo. -

- ¿Entonces nosotras manejamos el aura? Dijo confundida Eli. - ¿Qué rayos es eso? -

Uroboros sabía que su respuesta sólo iba a generarles más preguntas, así que tomó una decisión.

- Sally toca el libro. - Ordenó la serpiente.

Esta obedeció y puso su mano sobre él, mientras su amiga lo sostenía. La cubierta del libro estaba hecha en cuero y metal, adornado de una gran cantidad de símbolos de los cuales no reconoció alguno, pero los sintió muy familiares.

- Niña, quiero te concentres e intentes abrirlo. -

Sally no lo había notado, pero el libro poseía una cerradura que bloqueaba el libro, en cambio, no se veía donde debía ir la llave. Sally intuyó que la cerradura era eso llamado aura, de lo cual estaba segura era esa luz que provenía del diario. También asumió que el aura era una fuerza que se manifestaba de forma diferente en cada individuo y si su padre creó aquel libro, sólo su aura podía abrirlo.

Cerró sus ojos y pensó en sus papás, en lo mucho que los amaba y todo lo que había aprendido de ellos, incluso en su ausencia. Pensó en aquella energía como si fuese el olor que se desprende de cada ser, como el calor, o como la luz. Se concentró en que cada célula de su ser debía brillar, visualizó esta luz emanando de su cuerpo y cubriéndola como un fino y delicado manto cálido que viajaba de sus pies hasta la punta de su cabeza.

Eli no podía creerlo, un manto etéreo del blanco más puro rodeó el cuerpo de Sally. La energía se sentía muy cálida y tranquila, fluía del suelo hacia el final de su cabeza con suavidad. La energía de su amiga, era totalmente opuesta a la del ser que enfrentaba Dominus, de la que no podía sentirse absolutamente nada, excepto un miedo innato.

El libro craqueó y sus páginas quedaron al descubierto, Sally abrió sus ojos y el manto desapareció paulatinamente de su cuerpo. Las hojas cayeron del libro y giraron en el aire hasta elevarse en lo más alto: lentamente formaron letras, palabras y finalmente oraciones.

Las llamas infernales cayeron sobre el cuerpo de Dominus y éste se incendió al instante. Con dificultad el hombre de negras vestiduras permanecía de pie, quería observar como la vida de su enemigo se extinguía frente a sus ojos; para su sorpresa, el anciano permanecía de pie completamente cubierto en las llamas negras, pero vivo. Éste no pudo comprender qué sucedía, debía estar muerto, nada podía sobrevivir a esas brasas.

Del fuego, brotaron dos manos negras y brillantes, era la armadura de Hak de Dominus, una técnica que le permitía endurecer su cuerpo como el acero y brindar inmunidad relativa contra daños generados por aura, era la defensa absoluta. No obstante, una técnica tan poderosa también debía tener un costo muy alto para usarla, los cuales eran: estar en una situación potencialmente mortal, haber derramado más de una gota de sangre y no podía usarse por más de dos minutos en menos de veinticuatro horas.

En la batalla contra el enmascarado, el anciano luchó en total ciento dos segundos usando esta armadura. Significaba entonces, que sólo podía usar dicha armadura por dieciocho segundos más. Dicha información no la conocía el enmascarado, pero él, al igual que Dominus, moriría si excedía el uso de aquella habilidad y, aunque ninguno de los dos sabía cómo funcionaban las habilidades áuricas del otro, comprendían una sola cosa: sus propias habilidades los matarían si las usaban un segundo más de lo debido. No era una lucha de fuerza, era de tiempo.

Las manos incendiadas de Dominus buscaron el cuerpo del enmascarado, para atraerlo hacía sí y abrazarlo con lo último de sus fuerzas. El sometimiento provocó un indescriptible dolor sobre los huesos rotos de éste, cuyo objetivo era hacerle perder el conocimiento para que su habilidad desapareciera. Llevaba diez segundos abrazándolo, sus fuerzas empezaban a desaparecer, su cuerpo estaba al límite, pero debía sostenerlo por más tiempo; ya que, si él decidía dejar de usar su aura incendiaria para no morir por abuso de esta, al tenerlo abrazado, las llamas también lo alcanzarían. Él no era inmune a su propio fuego, por eso debía usar esa aura tan poderosa a su alrededor, era un escudo protector y a su vez un arma contundente. Dominus era un genio en el combate y con perspicacia había deducido este hecho; al igual que con anterioridad, había planeado la inmolación como último recurso para la victoria.

Por primera vez en toda su existencia, su rival sintió un vacío en el estómago, seguido de un frío abrasador por toda su columna. Había conocido el miedo y, aunque para cualquier otro ser vivo el miedo era una sensación desagradable, para éste, que jamás había sentido algo, ya sea bueno o malo, fue la máxima expresión de su existencia. Faltando tan solo un segundo para que las llamas le mataran por abuso de las condiciones, usó todo su poder para hacer estallar su aura a su alrededor y apagar las llamas en el cuerpo de su enemigo.

Tras esto, Dominus también perdió su armadura Hak y con ella casi el 99% de toda su aura. Aun así, no soltó a su rival.

– Dominus, eso fue magnífico. Definitivamente eres un clase A^{++}, pero yo... soy un clase S. – Dijo mientras reía y su rostro ensangrentado expresaba una desagradable expresión de felicidad.

Al terminar su oración, mordió con brutalidad el hombro de Dominus y devoró un gran trozo de su cuerpo, el cual masticó rápidamente y tragó con voracidad. Un descomunal grito salió del afectado y por poco le hace perder el conocimiento. Un segundo mordisco afectó el resto de su hombro y parte de su cuello. Sumido en la pérdida de sangre, el agotamiento y la ausencia de aura en su cuerpo, liberó a aquel depravado ser de su abrazo.

Dominus cayó de rodillas y observó horrorizado, como el depravado ser se devoraba a sí mismo, comiéndose sus propios miembros.

Tras unos cuantos minutos de salvajismo, el enmascarado vomitó un hediondo y negro líquido, el cual podía moverse por sí solo, se expandió y cubrió de pies a cabeza a su generador.

De repente, una imagen vino a la cabeza del anciano. Aquel hombre había usado Nigromancia, una habilidad que sólo había escuchado de un solo ser, un usuario que se hacía llamar Muerte, el cual es uno de los cuatro guardaespaldas de Gilgamesh, junto con Hambre, Peste y Guerra. Ahora también exhibía la habilidad de Hambre, llamada Gula, la cual le permitía comer cualquier cosa, incluyendo aura, para regenerar sus heridas.

Su mayor temor se hizo realidad; del suelo se levantó tranquilamente aquel hombre sin un solo rasguño. De nuevo tomó un poco de arena del suelo, creó otra máscara exactamente igual a la anterior y se la puso con prontitud.

– ¿Mataste a dos de sus guardaespaldas y robaste sus habilidades áuricas? ¿Qué buscas? ¿Para qué quieres a las niñas? ¿Qué clase de monstruo eres, Lacros? – Inquirió con asombro y tristeza, mientras lo veía directamente a los agujeros donde deberían vislumbrarse sus ojos.

El enmascarado se acercó suavemente a él y arrancó su catana de su abdomen con violencia dejando una estela de sangre en su recorrido.

– ¡Ese no es mi nombre! Mi nombre es... ¡¡Érebo!! – Dijo mientras con un fino golpe cercenó la cabeza de Dominus haciéndola rodar varios metros atrás, mientras el cuerpo permanecía de rodillas.

Sacudió la sangre de su arma y la envainó. Miró con desprecio el cuerpo y la cabeza de Dominus a lo lejos y les dio la espalda, miró hacia el cielo y la extraña nube azul preludio seguía en el mismo lugar. Súbitamente la nube se extendió por todo el firmamento e iluminó toda el área de dicho color. A continuación, esta se desintegró en una infinidad de puntos que desde todos los ángulos cayeron del cielo formando hilos del mismo color, cuyo único objetivo era apresar al asesino de Dominus; a pesar de que Érebo no tenía ninguna herida, ya no poseía aura, así que su velocidad y fuerza no eran superiores al de un ser humano normal, impidiéndole huir de la última trampa de su rival. Finalmente, estos hilos lo envolvieron por completo como si se tratara de un capullo del que emergería algún día una bella mariposa.

Antes de comenzar la batalla, Dominus usó toda el aura de la ciudad para hacer una trampa que pudiera inmovilizar a cualquier objetivo por el tiempo máximo en que su aura podía permanecer materializada sin contacto físico, pérdida del conocimiento e incluso con la muerte, es decir, 168 horas o 7 días. De esta manera, aún con la derrota, el anciano aseguró el escape de sus amadas ahijadas. Las cuales vio en su mente justo antes de ser decapitado por su verdugo.

Recordó aquel día en el que les regaló a ambas niñas, cuando sólo tenían dos años, una caja musical, quienes llenas de energía, le dieron un beso cada una en la mejilla, mientras sonrientes le decían al unísono: grashas pallino.

Por varios minutos las hojas volaron sobre el cielo dando un mensaje, Sally no pudo evitar llenar sus ojos de lágrimas al leer las palabras de sus padres, mientras con una mano tapaba su boca y con la otra, apretaba la mano de Eli, la cual miraba con atención el mensaje y se llenaba de fuerzas para lo que vendría. Una nueva aventura les esperaba, un camino sin retorno se había abierto y estaban en la obligación de recorrerlo.

El mensaje decía:

"Tiempos oscuros se avecinan, ningún mundo es seguro. Nuestra partida pondrá a funcionar los mecanismos del fin de la guerra. Pero para ello, dichos mecanismos deberán activarse en ambos planos. Han sido muy valientes, Sally y Elizabeth. Pero he de decirles con dolor en mi alma, que aún no es suficiente. Somos los únicos que podemos oponernos a ellos, a Los Trece. Por lo tanto, es nuestra obligación ir más lejos de nuestras prioridades y luchar por quienes no saben del peligro que les rodea. Las batallas más importantes, se libran en las sombras.

Sally, Elizabeth, deberán ir a la ciudad de Neo-París en la nueva Francia Imperial, allí buscarán el primero de siete libros, llamados los Libros del Arca. Una vez lo encuentren, deberán destruirlo; con ello el Nexo se cerrará más y retrasaremos el avance de seres más fuertes a nuestro mundo. Cuento con que los encontrarán todos. Pronto nos reuniremos. Sean fuertes y busquen la valentía."

Al finalizar el mensaje, pudo verse en el horizonte un intenso brillo azul preludio del lugar donde se encontraba Dominus. Uroboros observó este hecho y dio la espalda a las chicas. Al ser una serpiente, no era claro definir sus emociones; sin embargo, su aura si podía leerse y en ella podía sentirse una profunda tristeza, de la que sólo Eli pudo percibir.

Uroboros se enroscó y su cuerpo lentamente se petrificó formando una montaña de piedra de más de cinco metros de altura. Las escamas de la serpiente cayeron como tejas dejando un vacío en su interior, del cual salió una hermosa mujer desnuda de tez clara, cabello negro liso y ojos miel. Tomó del suelo una hoja y la seda de una araña e hizo de ella un ligero y sensual vestido esmeralda. Caminó hacia las estupefactas muchachas y dijo:

- Dominus ha muerto... - Sally llevó sus manos a su boca y de nuevo brotaron sus lágrimas, Eli era más fuerte que su amiga, pero tampoco pudo controlar su dolor y lloró por la pérdida de su nuevo amigo y salvador.

- Él me pidió que lo sustituyera si algo así ocurría. Ahora yo las protegeré en su viaje. - Dijo convencida en su misión y con afecto por las niñas, sin ocultar también el profundo pesar por su pérdida. - Debo mi vida a tu padre, ahora daré mi vida por su hija y su mejor amiga... Maese Sally, Maese Elizabeth, tenemos que irnos. -

Su destino era claro, debían huir de aquel lugar y llegar a su próximo destino, la ciudad de Neo-París.

Capítulo XI
El fin sólo es el comienzo

En el silencio, sólo el batir de las ramas, el crujir de las hojas suicidas precipitándose contra el suelo y las ráfagas de viento arrastrándolas por el mismo; distraía a todos los presentes del agudo sonido del movimiento mecánico de las poleas oxidadas y las palabras de aquel sacerdote, en la grisácea tarde del 22 de agosto de 2012.

Las rosas, camelias, gladiolos y lirios, caían ineluctablemente sobre el ataúd de cedro, a la vez que descendía tranquilamente los dos metros de profundidad de la fosa.

Los encargados iniciaron el Rito de Sepultura a las 4:00 pm, el sol permaneció oculto todo el día, sintiéndose como si aquel lugar no fuese Santiago de Cali, sino una ciudad europea donde el astro decidió no dejarse ver de nuevo.

Uno a uno, todos los asistentes vestidos de negro, se alejaban de la tumba de quién en vida llenó sus corazones con tan magnífica presencia. Todos excepto uno. La mayoría le reconoció al instante, era difícil olvidar a quién ese día acompañaba a Andrea y, más aún, cuando ella se veía tan feliz a su lado.

Amigos y conocidos de ella intentaron acercársele, pero en sus bocas, no existían palabras para sosegar el dolor que aquel sombrío joven podía estar sintiendo. Así que la mayoría le ignoró, pues sabían que lo único que él necesitaba, se encontraba dos metros bajo tierra. Este no fue el caso de Felipe, quien se acercó a Carlos y dio su pésame.

– Yo la conocí por más de tres años, de verdad la amaba, pero su corazón nunca me perteneció. Usted llegó de la nada y en menos de dos meses, la conoció más que cualquiera. Para mí es difícil ocultar mi odio hacia usted, porque siento que me la quitó. Pero precisamente por eso, puedo comprender cuán vacío debe estar su mundo ahora. – Hizo una pausa y continúo. – Ella lo amaba a usted más que a nadie y sé que siente lo mismo por ella. Lo siento... de verdad lo siento. – Felipe tocó su hombro y trató de verle a los ojos, pero él estaba ensimismado en el epitafio inscrito en la tumba de Andrea. Le miró por un momento más y se retiró, ese lugar era demasiado doloroso para él y sus palabras si bien eran escuchadas, no generaban en su receptor el más mínimo efecto.

Carlos a veces recordaba su sonrisa y como le encantaba verla a ella mirándole a los ojos; pues ella siempre concentraba su mirada en uno de sus ojos para luego pasar rápidamente al otro y finalmente desembocar en sus labios; todo esto a gran velocidad.

Otras veces pensaba en como fruncía el ceño y le miraba con recelo cuando se enojaba; de las mil y un maneras que se burló de él y de su pequeño apartamento, en el cual siempre encontraba una excusa para quedarse y dormir abrazada por él; de su excelente cocina italiana; de la mirada de sorpresa y satisfacción que mostraba ante los postres preparados por él, y de las peleas que inexorablemente terminaban en una noche de pasión.

Sin importar que recordara, en su mente, sólo existía ella; para él, ella fue el comienzo de la vida, pues siempre consideró que estaba muerto.

Don Augusto y doña Marcela, vieron en el joven el mismo dolor que ellos sentían. Comprendieron a su vez que, tanto para Carlos como para ellos, todo lo que las personas pudieran decirles, no los harían sentir mejor. Aun así, Don Augusto se acercó a él.

Por varios minutos, ambos hombres permanecieron en silencio, ninguno de los dos buscaba una conversación, sólo querían permanecer al lado de alguien que podía entender lo que sentían. El padre de Andrea, miró de reojo a su yerno, quiso ver su rostro, pero éste permanecía mirando el epitafio de su tumba, sin mostrar a nadie el calor de su mirada.

Augusto pensó en Carlos como en alguien que, habiendo conocido la libertad después de haber sido preso toda su vida, había regresado a su celda. Instintivamente vio al joven como al hijo que no pudo tener y dio un fuerte abrazo, el cual él correspondió. Con la mirada todavía en el suelo, Augusto besó su frente y le dijo:

- Sobreviviremos a esto hijo, sobreviviremos. - Dicho esto, sostuvo sus hombros con ambas manos y lo golpeó ligeramente en ellos. Luego se retiró con su esposa y se subieron al auto abandonando el lugar, pues en él ya no estaba su hija, sólo quedaba el cascarón terrenal carente de la magnificencia de Andrea.

Carlos sufría de millares de flashbacks, recordando las expresiones de Andrea en todo su espectro; su blanquecina sonrisa con sus pequeños pliegues en la comisura de sus labios, que daba forma a unos tiernos hoyuelos. Su mirada de prepotencia cuando lo corregía con algún hecho científico. Su voz suave y firme, la cual se escuchaba entrecortada cuando estaba nerviosa. Sus gritos a todo pulmón que daba cuando le hacía cosquillas. Los besos de improvisto que le daba en sus orejas, cuando ella con "engaños" le pedía que se acercara para contarle un secreto. El rubor de su tez cuando él la miraba perplejo y lleno de afecto hacia ella. Su voz hecha susurro cuando le hablaba de sexo al oído. Todo parecía recordarle a ella. Finalmente era eso lo único que le quedaba para sentirla... recordarla.

Los padres de Carlos se enteraron de este hecho y fueron hasta el cementerio. Allí lo vieron tan triste como jamás en sus vidas pensaron que alguien tan irresponsable podía estarlo. Don Matías se acercó a él y comenzó a hablar. Podríamos detallar ese monologo, el cual hablaba de la vida y la muerte, de las decisiones y las responsabilidades, pero en realidad él no escuchó absolutamente nada de lo que su padre dijo, mas no por grosería, sino porque su mente ya no estaba allí. Al final escuchó a su padre diciéndole que lo amaba y que debería quedarse unos días con ellos. Este asintió con su cabeza y su padre se dio por satisfecho.

La noche estaba a punto de caer y él aún permanecía allí. Los amigos de Carlos estuvieron allí también, pero sólo Nathaly fue hasta donde él. Los demás sabían que lo que él necesitaba era espacio. Esta caminó rápidamente hacia él, haciendo que su azabache cabello lacio se moviera como si tuviera vida, sosteniendo con ambas manos un paraguas que no soltaba jamás.

Carlos la miró y sonrió un poco, siempre le había causado gracia su caminar.

– Charles, sé que no quieres hablar, pero será cada vez más difícil si no lo haces ahora. Yo sé que ella jamás hubiera querido que te guardaras algo. Si vas a sentirte triste poco a poco a lo largo de tu vida hasta convertirte en un zombi o yo que sé, hazlo. Pero si quieres que ella pase a través de tu vida como alguien que transformó tu mundo y llenó de alegría cada instante que estuvieron juntos, entonces deja salir lo que tienes y no finjas más. – Dijo incrementando el tono de su voz en algunas oraciones y dando énfasis en que no era un consejo sino una orden.

Él sonrió y le dijo: - Preparaste bastante ese monologo ¿cierto? - Ella no evitó contagiarse de su sonrisa y asintió.

- Jamás pensé que encontraría a alguien como ella. -
- Y de todas formas lo hiciste. -
- Nada será igual sin ella. -
- Nada permanece igual en el universo. -

Sin importar que excusa soltara, ella tenía una respuesta. Eso siempre le gustó de ella, era la mejor consejera de todas y por eso era su mejor amiga.

Sin darse cuenta, de los ojos de Carlos emergieron unas cristalinas gotas de agua y con ellas muchas más. Había llegado al límite. Su sollozo era inevitable.

Nathaly le observó atónita, jamás había visto llorar a su amigo; excepto por algunas películas de drama, donde curiosamente lloraba por cualquier cosa, pero en el mundo real era una roca. Ella siempre se burló de eso y decía que era un hombre mitad maquina llamado Charlestein.

- Parece que está lloviendo. - Dijo éste con su voz desquebrajada.

Nathaly miró hacia el cielo y expuso su palma hacia arriba, el cielo estaba nublado, pero no había el más mínimo rastro de lluvia. Con sagacidad, ésta abrió el paraguas y cubrió su cabeza.

- Sí, parece que está lloviendo. - Dijo su mejor amiga.

Después de la "tormenta", Nathaly le abrazó con fuerza y le dijo que se quedara el tiempo que considerara prudente con ella. Le dio un sonoro beso en la mejilla y se retiró.

Entre todas las personas que estaban en aquel lugar, una resaltó sobre todas las demás, alguien quien Carlos jamás esperó encontrar allí. Su abuela Baba se dirigía hacia él.

- Por lo menos sé que ella no me hablara. - Pensó con ironía.

Con dificultad llegó hasta él y se quedó mirándolo como si buscara algo. Su nieto estaba inmerso en el epitafio de su tumba. Ella no quiso girar y ver lo escrito en él; la mirada de Carlos era suficiente para saber que bajo ella se encontraba una mujer excepcional, y a espaldas de la lápida puso encima una rosa blanca.

Ambos se miraron: Carlos con sus ojos carentes de alma y motivación y ella con sus ojos rosáceos, cansados y llenos de experiencia. Su abuela le entregó un papel doblado. Al instante lo abrió y en él decía:

"*¿Sabes por qué vivo con Matías?*"
Él la miró y movió su cabeza con lentitud en señal de no.

Baba sonrió y le dio un segundo papel.

"*Tengo cáncer de laringe en etapa IVC, el tumor presionó mis cuerdas bucales y quedé muda, no me queda mucho tiempo. Por eso, a pesar de haber tenido dificultades con tu padre, decidí volver con mi único hijo y morir a su lado.*"

Carlos la miró inmediatamente y, aunque en sus ojos no se podía dibujar un alma o sentimiento alguno, en su rostro se leyó un gran impacto.

Su abuela le entregó un tercer y último papel. Se lo dio en su mano y la cerró con la suya. Le besó en la frente y se marchó. Ese fue su primer y último beso por parte de ella. Al cabo de unas semanas, los tumores afectaron sus pulmones y murió de un fallo respiratorio en la casa de su hijo.

En el último papel decía:

"*No podemos escapar de la muerte, pero tampoco podemos huir de la vida.*"

Carlos la vio alejarse y perderse entre la multitud de tumbas, sabía que no la volvería a ver más, al igual que ella.

La muerte de Andrea ocurrió el 20 de agosto de 2012 pasados unos minutos de la media noche. Esta no tenía una explicación fija, la policía la encontró sin vida en su dormitorio sin señales de lucha o bajo el efecto de alguna droga. Parecía que había muerto mientras soñaba, excepto por el perturbador hecho que su habitación se encontraba rayada desde el piso hasta el techo con las palabras "LA MAAR". La frase se repetía por todas partes con diferentes clases de tintas, desde lápiz hasta maquillaje.

No existía un lugar sin la inscripción, ya sea marcado en las paredes, papeles e incluso en la ropa, o tallado en la madera del armario, nocheros y cama.

Sus manos también exhibían algunas laceraciones en sus dedos y muñecas, producto de escribir con mucha velocidad en la pared, en donde quedaron algunos restos de su sangre, confirmada por el laboratorio del CTI.

El dictamen policiaco era evidente. Catalogaron el hecho como suicidio y lo inscrito en la pared como una crisis psicótica anterior al hecho. La familia y los amigos de Andrea declararon que ella jamás cometería suicidio y si aun así lo había hecho, ¿por qué no habían encontrado el arma suicida? Estos se refugiaron en el hecho de su profesión: al ser química, podía beber o inhalar un químico que le arrebatara su vida sin dejar rastro.

Carlos en el interrogatorio les hizo saber que su investigación no tenía lugar, pues el fin de todo suicida, era dejar un mensaje sobre el por qué tuvo el designio de llevar a cabo el evento que lo condujo a la muerte. Dio a entender al CTI que no tenía sentido el introducirse un químico irrastreable si la intención era el suicidio. Además, que no tenía sentido el describir lo escrito en todas partes como una crisis psicótica, eso en realidad debía ser un mensaje que albergaba la verdad sobre el fatal acontecimiento.

Una mujer policía se acercó para quitarle las fotos de la habitación de Andrea con la enigmática frase de "LA MAAR". Otro se le acercó y le dio un golpe en el hombro y le dijo:

– Vea pelao, aquí los detectives somos nosotros, usted es sólo un pintor y no tiene la más hijueputa idea de lo que es llevar una investigación. Entonces responda lo que se le pregunta, de resto, quédese callao. – Dijo con prepotencia el investigador haciendo un sonoro énfasis en la grosería mencionada con su bien estructurado acento valluno.

Carlos sonrió y le dijo a la mujer policía:

– ¿Más de un año y sigue conformándose con ser la moza? – En la sala del interrogatorio todos la voltearon a ver.

– ¿De qué?... yo. – Balbuceó confundida.

Luego miró al hombre que le había humillado y le dijo seriamente:

– Usted está casado, pero en sus manos no encontramos un anillo, sólo la vaga sombra del bronceado imperfecto del mismo. Esto es porque todos los días se lo retira después de salir de su casa y lo guarda en el bolsillo de su pantalón el cual puede notarse a simple a vista. – Dijo sin hacer una pausa, mientras como en un partido de tenis, todos miraron hacia un mismo lado, en este caso: hacia los pantalones del investigador hallando justamente lo descrito.

– Ahora bien, el móvil que le impulsa a usted a quitarse el anillo no es porque tenga problemas con su esposa y no quiere tener algo que se la recuerde en el trabajo; pues su uniforme se encuentra perfectamente planchado y perfumado, lo que implica que su esposa lo hace por usted todos los días en la mañana. Y una mujer inconforme en una relación no haría este molesto trabajo todos los días en la madrugada. No, por supuesto que no. La clave reside en que usted posee una amante y no una cualquiera, también es su compañera de trabajo y a ella le molesta que lo porte en su presencia. –

– La señorita, por el contrario, lleva un anillo en el dedo del compromiso, es decir, en el dedo anular. Lo que implica que tiene la esperanza y disposición para casarse. Donde al juzgar por cómo le ha estado mirando en estas dos horas de interrogatorio, quiere que sea usted quien la despose. – Prosiguió el joven con la atención capturada de todos los presentes.

– Es deducible el tiempo relativo de su relación extramarital entretanto observamos sus manos. – Dijo mientras buscó en su uniforme algún distintivo de su grado. – Subteniente. – Continuó. – Las manchas producidas por el bronceado, tardan cerca de un año en desaparecer por completo. Y si a eso le sumamos que salieron juntos por alrededor de unos tres o cuatro meses, antes que ella dejara en claro lo incómodo que era ver su anillo. Concluyo a que llevan más de un año juntos. – Todos permanecieron asombrados ante las deducciones del joven.

El subteniente iracundo le gritó y dijo que no tenía ninguna prueba de nada.

Carlos le miró sonriente y le dijo:

- Su desodorante. –
- ¿¡Qué hay con eso!?
- Es de hombre. –
- ¡Pues claro que es de hombre, malparido!
- Bueno, el de ella también. –

Este se quedó petrificado observando a su compañera de adulterio. A la vez que recordaba cómo antes de llegar al cuartel, la recogió en su auto y se desviaron a un motel cercano, en el que después se bañaron y usaron el mismo desodorante.

- ¿Sigue sin creer que no sé llevar a cabo una investigación? – Dijo sonriendo; no obstante, esta deducción le costó un día en el calabozo, lo que le hizo perder el velorio de su amaba y la oportunidad de verla una vez más.

Había caído la noche y Carlos permanecía de pie frente a la lápida de ella. Ya no pensaba en nada. Su mente estaba en blanco. Lo único que veía era el mensaje del epitafio.

"Aquí yace nuestra amada hija, nuestro sol. Ahora el mundo es un lugar menos cálido.

17 de abril de 1990 – 20 de agosto de 2012"

Decidido, le dio un beso a la lápida y emprendió su camino; iniciando todos los acontecimientos que cambiarían al mundo para siempre.
Carlos salió del cementerio y tomó un taxi. Pensó en todos los posibles lugares en donde era más factible llevar a cabo su plan. Entre

diversos lugares, escogió a la Universidad de Valle, ya que su acceso era simple y tenía justo lo que necesitaba.

Se apeó del vehículo e ingresó a la institución, era miércoles, así que había pocas personas a las 7:00 pm. Su rostro no exhibía dolor o tristeza, sólo determinación. Algunas mujeres lo vieron como alguien muy atractivo, pues estaba vestido con saco y corbata. Sin embargo, lo que nadie podía observar era a La Muerte caminando justo detrás de él.

Esta jugueteaba con sus dedos esqueléticos sobre su hoz, produciendo un sonido con un ritmo desesperante, entretanto le seguía, como un carroñero persigue a una presa moribunda.

Entró al gimnasio y luego se dirigió por el mismo pasillo hacia la piscina. En la entrada hacia las duchas, la cual conectaba la piscina con el pasillo, se encontraba sentada una hermosa mujer delgada de cabello dorado, con las piernas cruzadas bajo el escritorio de la recepción de la piscina, transcribiendo algo con urgencia.

Carlos no prestó importancia a su presencia y continúo su camino.

- Hey, disculpa. Puedo ayudarte. - Dijo mientras interrumpía su paso a las duchas de los hombres.

Carlos se quedó viéndola detenidamente; era una joven de alrededor de 21 años, rubia con cabello ondulado, una expresión tierna y mirada firme que apuntaba con seguridad a los ojos de su interlocutor, dejando notar sus brillantes ojos color miel, sus delicados labios rosa y una fragancia como ninguna otra. No obstante, él no notó ninguno de estos detalles, se concentró en observarla a ella y al lugar donde se encontraba como un todo, pues ya no tenía ojos para nadie. Además, ella podría interferir en sus planes.

El joven permaneció callado ante la pregunta de la rubia.

- Mmm... Vas para la piscina, ¿no? - Preguntó con su delicada voz y golpeado acento caleño.
- En efecto. - Respondió sin más.
- Oye... ¿Y vienes solo? -

Él recordó que el ingreso a la piscina era prohibido para personas sin acompañante o en estado de embriaguez. Así que rápidamente pensó en algo.

- No, mi novia me está esperando al otro lado. - Dijo con naturalidad.
- Mmm... ya. - Dijo mientras le miraba de arriba abajo.
- Ve, ¿y vos si tenés licra? Es que estas como muy elegante para entrar a la piscina, ¿no? -
- La llevo puesta, quieres verla. -
- No, no, no, relajate. Era un comentario. - Ella no parecía convencida, no le había quitado la mirada de los ojos en ningún momento, sólo jugaba con su lápiz golpeando levemente el escritorio.

Hubo un silencio incómodo entre ambos, ella sabía que algo no estaba bien.

- Pero vení, a la piscina no ha entrado ninguna chica. - Dijo mientras le observaba con atención.

Ella lo vio como un hombre muy inteligente, seguro de sí mismo y agradable. Pero también notó una excesiva tristeza y una gran resolución. Temía a algo de él, temía lo peor.
Carlos notó inmediatamente como había sido analizado, pero eso no cambió sus planes. Recordó que, al verla sentada con sus espectaculares piernas cruzadas, notó en el escritorio una botella de agua fría casi llena, en cuyos bordes había rastros de agua que daban la impresión de que estuviese sudando. Por lo que dedujo que hacía menos de una hora había sido comprada y apenas se estaba calentando.
Su pierna derecha se encontraba tocando el suelo y dando ligeros talonazos en señal de desespero, lo que implicaba que llevaba menos de una hora de estar sentada en ese lugar, pues esa posición es bastante incomoda si se ha mantenido por mucho tiempo.
Su rostro indicaba que había estado estudiando todo el día, como los cuadernos era señal que estaba atrasada, probablemente por su trabajo en este lugar. Así que posicionó a la joven como una estudiante de sexto o séptimo semestre que trabajaba de 2:00 pm a 8:00 pm y del cual producto del cansancio de estar sentada y la

preocupación, abandonó su puesto y caminó hasta otra parte de la universidad alrededor de las 6:00 pm para comprar esa marca de agua.

Sin haber apartado Carlos tampoco su mirada de la hermosa rubia, y habiendo analizado todos estos detalles en su mente, concluyó que entre las 6:00 pm y las 6:40 pm, ella no tenía idea de quién había ingresado a la piscina.

- Mi novia me espera adentro desde las 6:30 pm. Imagino que se dará cuenta que la puntualidad no es mi mejor atributo. - Respondió sonriente con la intención de coquetearle.

Ella sonrió y, aunque sentía que algo seguía sin estar bien, le pidió el carnet de estudiante y le dejó pasar.

- Ten cuidado, ¿sí? - Le dijo ella con ternura.
- No te preocupes Valeria, me aseguraré de tenerlo. - Dijo mientras le daba la espalda y sus ojos se desconectaban de los de ella para siempre.

Ésta se sobresaltó al saber que él sabía su nombre, luego miró su lápiz y en él estaba inscrito "Valeria".

- ¡Parce! ¿A qué horas vio eso? - Se preguntó a sí misma en voz alta, a la vez que miraba sonriente hacia atrás buscándolo.

Los pasos de Carlos se sentían distantes, sin vida, desapacibles. Su boca se secó al instante, un frío llegó a sus manos y un estremecimiento a sus pies. La indecisión jamás tocó su puerta, sabía lo que quería hacer y se había propuesto a hacerlo. Su cuerpo, por el contrario, le gritaba con toda clase de sensaciones para que abandonara su empresa.

Sólo un suicida es capaz de comprender que este no era un acto de cobardía, pues se requiere de gran valor para tomar la solución permanente a todos los problemas transitorios.

Al salir de las duchas notó que la piscina se encontraba prácticamente sola, con la excepción de un grupo de personas en el extremo más lejano y un grupo pequeño en el centro practicando wáter polo. Para sus fines, todo parecía propicio.

Observó todo y se sentó un rato en una banca en frente de la piscina. Era una vista muy agradable: al fondo se escuchaban los pitos de las personas que entrenaban algún deporte bajo el agua. El "*splash*" de los clavados y las conversaciones inentendibles de un par de personas a lo lejos; la Luna en cuarto creciente totalmente despejada, y el sonido de las hojas secas de los árboles de mango siendo arrastradas por el viento. Una expresiva sonrisa floreció en el rostro marchito y agotado de Carlos.

Durante más de veinte años de memoria, Carlos buscó para sí una respuesta para vivir. Desde niño fue alguien muy curioso, pero reservado. Quiso saber el porqué de todo, pero no quería preguntárselo a nadie. Esto le generó mayúsculos inconvenientes para entender situaciones tan simples como: ¿Por qué las mujeres andan con tanta tranquilidad en vestido de baño, pero se aterran cuando se les ve en ropa interior?

A pesar de que él vivía a través de sus tres grandes placeres, nunca se sintió realmente vivo. Era como si la vida pasara frente a sus ojos y no hubiese podido atrapar nada. Era el espectador de una existencia sin vida. Quizás habría vivido cien años más de la misma forma, pero en vez de continuar con su monótono diario vivir, dejó entrar a Andrea a su vida y vio la monumental diferencia entre existir y vivir.

Ella se encargó de derrumbar todos los muros que había impuesto para alejarse de todos y no dejar ingresar o salir ningún sentimiento de su corazón. Andrea entendió el sufrimiento de su novio, pero no le permitió mantenerlo, no era justo para ninguno que siguiera escondido del mundo. Y poco a poco lo liberó de aquello a lo que se había aferrado con tanta fuerza; la soledad.

"*Aquí yace nuestra hija, nuestro sol.*" Qué epitafio más verídico. Ella fue el sol que desplazó las tinieblas de su vida miserable, y le dio mil razones para sonreír desde su alma, dejando de lado aquella excéntrica carcajada con la que buscaba engañar a los demás, fingiendo ser alguien feliz.

Pero ahora ella ya no estaba, se había marchado. La oscuridad regresó y le atrapó con más fuerza. Aquel peso que Andrea le había quitado, retornó y le llevó al suelo. Podía haber hablado con su familia o sus amigos. Pero ninguno le habría apoyado en su decisión de quitarse la vida, las personas no toleran el egoísmo en su estado más puro, y el suicidio era propiamente eso. Él sabía que en el mundo encontraría un millón más de razones para vivir, pero no las quería encontrar. Simplemente recordó un viejo poema que había leído hacía mucho tiempo atrás, de un poeta chileno llamado *Guillermo Blest Gana*, este decía así:

"*Seres queridos te miré sañuda arrebatarme, y te juzgué implacable como la desventura, inexorable como el dolor y cruel como la duda.*

Mas hoy que a mí te acercas fría, muda, sin odio y sin amor, ni hosca ni afable, en ti la majestad de lo insondable y lo eterno de mi espíritu saluda.

Y yo, sin la impaciencia del suicida, ni el pavor del feliz, ni el miedo inerte del criminal, aguardo tu venida; que igual a la de todos es mi suerte; cuando nada se espera de la vida, algo debe esperarse de la muerte."

Ya era hora. Miró su reloj y en él marcaban las 7:30 pm. Se levantó de la banca y dio a su mente y a su alma algunos recuerdos del tiempo que pasó con Andrea. De las tantas sonrisas que hicieron juntos y sin querer recordó lo último que habían hablado antes de su muerte:

- Oye, ¿qué me dirías si esta fuera la última vez que me vieras? - preguntó ella en la cama, entretanto miraba el techo y tenía apoyada su cabeza sobre su hombro.
- Que me gustaba mucho mi camarote. No puedo creer que en el primer día que nos conocimos, me hiciste desarmarlo para poder hacer el amor. - Reclamó con su voz *in crescendo*.
- Eres un idiota. - Rio.
- Pero soy TU idiota. - Le respondió seguido de un beso.
- Es en serio. ¿Dime qué me dirías? -
- Te daría las gracias por haber llegado a mi vida. Y tal vez, si no desaparecieras dentro de unos ocho años, estaría preparado para

pedirte matrimonio. – Dijo Mirándola a los ojos en la última parte de la oración.

Andrea se ruborizó y lo abrazó con fuerza.

– Pero dentro de ocho años, aún tengo tiempo de encontrar algo mejor. – Dijo ella en un tono imposible de distinguir entre broma y verdad.

– No me preocupa, igual todos los hombres por los que estás loca son homosexuales. – Se defendió.

– ¿Ah sí? ¿No sabía qué eras gay? – Arremetió.

– Ni yo que estabas loca por mí. – Dijo entre dientes mientras le mordía su labio.

– Nunca me dejes. – Expresó ella con una sinceridad jamás vista por él, mientras lo miraba profundamente a los ojos.

– Nunca te vayas. – Respondió mientras acariciaba su hombro desnudo.

– ¿Lo prometes? –

– Lo prometo. –

Se miraron fugazmente e hicieron por última vez el amor.

Carlos avanzó con precaución hacia la piscina, nadie había notado su presencia. Sin dudarlo, realizó un clavado al centro de la piscina. En el banco donde estuvo sentado, había dejado su chaqueta con sus documentos de identidad, con el ánimo de que pudieran localizar a sus familiares y hacerles entrega de su cuerpo.

A pesar de ser una fría noche, el agua permanecía caliente; uno de los tantos puntos a favor del clima caluroso de Santiago de Cali, como el de obligar a las mujeres a usar prendas más ligeras para vestir, haciendo de las calles: pasarelas.

En el medio de la piscina olímpica de la Universidad del Valle, en donde muchas veces alguna pareja se había manoseado bajo el agua, y más de un fanático del tetrahidrocannabinol había fantaseado con que se encontraba en una batalla naval. Carlos, quién con veintitrés años no sabía nadar, se encontraba en medio del proceso de su deceso programado.

Instintivamente su cuerpo quiso nadar y salir de aquel lugar, por lo que éste se vio obligado a liberar todo el aire de sus pulmones, para caer como un ladrillo hacia el fondo.

Durante este proceso, recordó muchos instantes de su vida, y por primera vez, ninguno estaba relacionado con Andrea; se vio a sí mismo cayendo por el suelo infinidad de veces, mientras intentaba aprender a manejar bicicleta, empresa que, por cierto, nunca logró. Vio a sus padres tratando de darle los mejores consejos para su vida, aun cuando éste no hacía más que generarles problemas. Recordó a todos sus amigos y lo mucho que le gustaba hacerlos reír.

- Espero que no se vayan a disgustar conmigo. Estoy seguro de que me ha-... - Glup, glup, glup, gluac. Su pensamiento fue interrumpido, por el reflejo de su cuerpo para introducir aire al organismo y en cambio tragó una enorme cantidad de agua.

Esta bajó rápidamente por su garganta hacia su estómago y generó un ardor gutural imposible de describir. Con esfuerzo llevó sus manos a su nariz, para intentar acabar con su vida sin tanto sufrimiento; sin embargo, su velocidad de respuesta fue muy baja y aspiró de forma autónoma por la nariz.

El agua pasó por sus fosas nasales generando una sensación de quemazón en las primeras estructuras nasales, llegó a su garganta y con ella, la irrealizable necesidad de vomitar. Luego, el dolor se expandió sobre su pecho y diseminó por el mismo, como si fluyera por una gran cantidad de vías a símil de las raíces de un árbol. Este dolor, era como un millar de agujas calientes punzando en toda la extensión de sus pulmones al mismo tiempo.

Carlos se retorcía del dolor bajo el agua, había elegido esta muerte como una forma de castigo por no haber protegido a Andrea de lo que fuera que le había asesinado. Él sabía que su muerte no fue un suicidio, había sido un asesinato, pero quién lo había ejecutado era un misterio para él. Así que antes de sumergirse en una búsqueda por asesinar a la persona que le arrebató a su novia y perder la humanidad que tanto había amado ella, decidió morir como una persona, a vivir como un monstruo.

Tras aquel episodio traumático de dolor, sólo le quedó la calma. Lentamente su consciencia se fue apagando. Todo empezó a tornarse oscuro y la sensación de su cuerpo se fue desvaneciendo. Con sus últimas fuerzas, recordó la primera vez en que vio a Andrea. Y pensó en lo importante que era cada persona en el mundo. Pues sólo una, logró cambiar su universo. Con tranquilidad sus ojos se fueron cerrando y el telón... cayó.

Un flashback llegó rápidamente a su mente instantes después en que creyó había muerto.

Siendo sólo un niño, recordó una vez en que, en el recreo, había subido los escalones hasta su salón de clases para huir de los puños de los demás niños y comer con tranquilidad su lonchera. Allí, observó a un niño sentado con su mismo uniforme, el cual había puesto su pupitre en dirección a la pared posterior del salón: dando la espalda a la entrada y al tablero. Con cautela se acercó a él y notó que estaba sentado en su lugar.

El niño escribía frenéticamente sobre un cuaderno, pasando cada página con gran velocidad y haciendo un gran escándalo. Carlos se aproximó más a él, lo suficiente como para leer lo que escribía.

Una sola frase se repetía por doquier, no sólo en su cuaderno, pupitre y la pared que tenía enfrente, sino también en sus antebrazos llenos de cortes sangrientos. La inscripción decía:

"LA MAAR"

Carlos horrorizado le preguntó:

– ¡¿Qué es eso?! –

El chico giró su cabeza carente de rostro hacia él, rápidamente su piel se desgarró con brutalidad a la altura de la mandíbula, dejando relucir una extensa y gigantesca dentadura blanca manchada de la sangre que brotaba sin parar de su piel rasgada y le dijo sonriendo.

– ¡Tu destino! –

Carlos regresó en sí y no pudo comprender como había olvidado semejante recuerdo. Conectó todos los puntos y asoció a aquel engendro con la muerte de Andrea. Algo la había obligado a escribir eso y parecía que él tenía la clave para resolverlo.

Aquel joven había renunciado a la vida porque sentía que esta había llegado hasta donde era necesario, sin ella ya no tenía un destino o un sueño. No obstante, al recordar lo sucedido, su corazón clamó justicia. Su vida no había terminado, por el contrario, había comenzado. Debía encontrar la razón de su muerte, el significado de aquella frase ininteligible, y sin importar cómo, encontraría a ese "ser", le quitaría todos sus objetivos, metas y sueños, para luego hacerlo sufrir lo suficiente como para sentirse satisfecho y finalmente, lo mataría.

– No moriré aquí, no moriré aquí, ¡no moriré aquí! – Pensó.

Con sus últimas fuerzas, ideó una estrategia para salir de allí. A pesar de no saber nadar, pensó que, si saltaba con todas sus fuerzas estando ya en el suelo, podría salir a la superficie por un momento y emitir algún sonido gutural para que alguien le ayudara.

Se agachó cuanto más pudo y saltó con todas sus fuerzas restantes, elevó su brazo para cortar la resistencia del agua con mayor facilidad y esperando sacar la mitad de su cuerpo o al menos su cabeza, se dio cuenta que lo único que sacó, fue sólo la palma de su mano, la cual sintió el frío desgarrador de la noche. Pronto su cuerpo volvió al fondo, y su vida, llegó a su fin.

Epílogo

El cuerpo sin vida de Carlos se movía conforme al movimiento del agua; danzando macabramente a la luz de la Luna. Gradualmente, La Muerte ingresó a la piscina, su cuerpo etéreo se vio inalterado por el medio en el que se hallaba su tan anhelada presa.

Durante muchos años, La Muerte había esperado con paciencia el día programado en que éste individuo haría parte de su colección. Tan sólo tuvo que esperar 23 años, 154 días, 13 horas y 31 minutos.

Desde el día en que nació, aquel sombrío ser puso sus cuencas cadavéricas sobre él, le encantaba llevarse a quienes, durante el camino hacia su propia muerte, hallaban la verdadera razón de su existir y se negaban rotundamente a morir en ese momento.

Como si fuese un ritual, se acercó tan lento como pudo, extendiendo su esquelética mano hacia él. En cuanto ambos cuerpos hicieran contacto, ella podría llevarse su alma para jugar con su sufrimiento por la eternidad. Este era el destino de quienes no habían aceptado la vida o la muerte y carecían de un objetivo en el mundo, se les llamaba: Los Errantes del Limbo.

Una gran "sonrisa" se dibujó en la parca al estar a menos de un milímetro de su premio... con violencia, ésta fue arrojada contra la pared del interior de la piscina por una fuerza más allá de cualquier límite. Frente a ella, una sombra blanca, sin cuerpo físico real o una forma definida. Le miraba desafiante.

    – ¡Este es mío! – Gritó la entidad con una potente voz que estremeció la tierra y los cielos.

La muerte le observaba impotente, mientras aquel "ser" se acercaba al cuerpo del joven pintor. – Me olvidarás mi peón. Nada perturbará lo que he preparado para ti y aún es muy pronto para recordarme. – Continúo con un susurro igual de amenazante, a la vez que llevaba parte de su etéreo contorno sobre el rostro cianótico del exánime. Del suelo de la piscina brotó un inmenso ojo con una pupila gris concéntrica y de él, un millar de delgados brazos negros surgieron: tomaron a Carlos y lo hicieron descender hasta desaparecer del mundo.

La sombra blanca dirigió de nuevo su avasalladora mirada sobre La Muerte y desapareció por completo. La señora de los caídos gritó con mudez, agitó su guadaña con impotencia de un lado a otro, extendió sus alas negras y voló iracunda de allí. Sabía que había perdido su premio para siempre.

Agradezco al lector por llegar a este punto. Durante tres años mis pensamientos se tradujeron en palabras y lentamente se creó esta novela, la cual revela una gran parte de mi ser y la visión que tengo del mundo. Estoy seguro de que disfrutaron leer el Volumen I, así como yo lo hice escribiéndolo; sin embargo, esta historia sólo acaba de iniciar. Nos veremos próximamente en el Volumen II, titulado: – LA MAAR y los Libros del Arca –

Con aprecio,